品嘗好書　冠群可期

妖怪博士

江戶川亂步

品冠文化出版社

目錄

妖怪博士

少年偵探③

妖怪博士

江戸川亂步

奇怪的老人

整片天空被白雲覆蓋，天氣有些悶熱、陰沈的春天。在一個星期日的傍晚，十二、三歲的可愛小學生在麻布的六本木附近，吹著口哨，獨自一人漫步在寂靜的住宅區。

這位少年名叫相川泰二，就讀小學六年級。今天他到鄰近的朋友家玩，正打算回到同樣是在麻布笄町的家中。

道路兩側是綿延不斷的豪宅圍牆，旁邊還有神社的樹林，平時甚少有人會來這裡。今天更是不知道怎麼回事，在靜謐漫長街道的盡頭，柏油路上，看不到任何人影。

天空昏暗，已經接近黃昏。泰二心生恐懼，於是一直吹口哨，希望能撫平害怕的情緒。

急速行走的泰二，拐個彎後，突然嚇一跳似的，停止吹口哨，在原地呆立著。

他看到詭異的景象。在二十公尺遠的道路中央，有個奇怪的老人蹲在那兒，做著奇怪的事情。

老人的打扮彷彿電影中常見的西方乞丐，好像好久沒有理髮似的披頭散髮，臉上佈滿白色的鬍鬚，身上穿著好像從撿破爛的人的籃中撿來的破爛衣服，腳上沒有穿襪子，只有一雙破鞋子。

這個乞丐般的老人，蹲在道路的正中央，不知道在地上寫著什麼。

泰二心生困惑，於是躲在轉角處，偷偷朝那兒張望。老人在地上寫完後站起來，好像小偷似的環顧四周，然後往前走去。

泰二等到老人離去後趕到那兒，盯著柏油路面瞧，想知道老人到底寫些什麼。結果發現在直徑八公分左右的圓中，畫著一個十字。十字其中一個方向的尖端，還有個箭頭般的記號。

年紀都這麼大了，還在這兒惡作劇的亂塗鴉，也許這個老爺爺是個瘋子吧？泰二望著他漸行漸遠的背影，卻發現他又在對面的轉角處，蹲在地上畫什麼東西。

等到他離開後，泰二跑過去一看，還是同樣在圓形中畫十字，其中一個方向的尖端，仍有如箭頭般的記號。

「奇怪，這個老爺爺不會是想做壞事吧？這個記號可能是給同伴留下的暗號。」泰二好奇心大起。

「好，我就跟蹤他，看他有什麼企圖？」心中暗暗盤算。盡量不讓對方發現，開始尾隨跟蹤。

各位讀者，小學生泰二，這種偵探似的舉動是不是很奇怪呢？其實這是有原因的。

看過『怪盜二十面相』和『少年偵探團』的讀者，相信已經明白了。名偵探明智小五郎的助手小林芳雄當團長，率領十名小學生組織了一個名為少年偵探團的團體，相川泰二就是少年偵探團的團員之一。

基於這個理由，只要遇到一些與犯罪有關的事情，他就會想要去探究個中緣由，這也是無可厚非的。

泰二一直尾隨在後，怪老人似乎沒有察覺有人跟蹤，走到更荒涼的住宅區。奇怪的是，每到轉角處，他一定會蹲下來，前後張望，確定四下無人後，就在地上畫圓形的十字記號。

「真是個怪傢伙，每次來到街道轉角，就會畫這個符號，看來一定是要通知其他壞蛋該往哪兒走的方向。」

泰二暗暗想著，仍舊在老人後方跟蹤。

泰二和老人總共拐過五個轉角，也就是說，老人已經畫了五個圓形十字記號。不過，第六個記號不是在轉角處，而是畫在一棟洋房門前的地面上。

泰二從未走過這條街道，也是第一次看到這棟洋房。可是，這棟洋房感覺相當古老，令人懷疑現代的東京會有如此的建築物嗎？它好像一世紀前西方故事中常見的洋房。

外面是紅色的磚牆，兩側是長滿了青苔的石門，中間則有藤蔓圖案的鐵門。裡面同樣是紅磚的兩層樓建築，在尖尖三角形的屋頂上，聳立著四方形暖爐的煙囪。雖然有無數小窗子，但令人覺得裡面很微暗，是

棟陰氣沈沈的建築物。

泰二躲在圍牆轉角偷窺，發現怪老人蹲在石門前的地面上，畫著與先前相同的記號。畫完後起身，朝四周張望，接著走到藤蔓圖案的鐵門附近，拉開鐵門，偷偷溜進洋房裡。

「奇怪，這個像乞丐的老人，怎麼可能住在華麗的洋房裡？偷溜進去，難道是想偷東西嗎？還是想做一些見不得人的事？」

泰二愈想愈是擔心，他趕緊趨前，從藤蔓鐵門的縫隙中，窺視裡面的情形。

到底發生什麼事？結果沒有猜錯，老人的確是壞蛋。他在洋房外往右轉，正爬上那兒的窗戶。為了避免被主人發現，所以躡手躡腳的想要偷偷溜進房間裡。

「啊，糟了！該怎麼辦呢？」

就在泰二猶豫不決時，怪老人的身影已經消失在窗子裡了。不知道老人有什麼企圖，泰二擔心得不得了。

雖然知道最好通知警察，但是一想到派出所離這裡很遠，等到警察來，恐怕老人已經達到目的逃走了。

「對了，可以按玄關鈴，警告這戶人家。」

泰二打定主意，輕輕地拉開鐵門，放輕腳步，走到正面的玄關。找到在入口處柱子上的門鈴，泰二伸手，拚命按鈴。

然而，卻遲遲未見有人應門，他想，難道電鈴的電線已經被人剪斷了嗎？於是他轉而推玄關的門，可是大概裡面上了鎖，門根本就文風不動，或許這家人不在。

看向門外，想要尋求外援，但根本沒有人經過。泰二覺得很困擾，不願讓賊人奸計得逞並順利脫逃，這樣，有損少年偵探團的名譽。

沒辦法，雖然有點害怕，他還是決定繞到老人先前溜進去的窗外查看一下。

為避免被對方發現，於是彎著腰，躡手躡腳，好像爬行似的，終於來到窗外。

不過，要站起來往窗內看，是需要勇氣的事情。如果窗內的老人正好瞧見，抓住泰二，後果就不堪設想了。不，只是抓住自己還好，如果他持有手槍或短刀，那就更糟糕了。想到這裡，光從窗外偷窺，都是搏命的冒險。

泰二心跳加速，慢慢的抬頭朝窗內窺伺。費時甚久，終於能夠看清房內的動靜。

一看，泰二少年的臉色大變，兩顆眼珠彷彿要迸出來似的。他的確是看到了駭人的景象。

啊！房內到底發生什麼事？難道那個怪老人正以「我在等你呢」的表情瞪著這邊嗎？

美少女

這個房間似乎是一間客廳。正中央有一張桌子，四周圍繞數張奇形怪狀的椅子。室內微暗，陰氣沈沈，無法看清各個角落。

泰二朝裡頭一看，出乎意料的，並沒有發現怪老人。反而在桌腳處看到比老人更令人驚訝的東西躺在那兒。

在微暗的房間裡，好像一朵盛開的玫瑰花般，那擁有美麗色彩的東西，原來是一個美少女。彷彿剛從夢中醒來，大約十六、七歲，穿著華麗的洋裝，是一個美得如詩如畫的少女。

但是，泰二並不是因為她的美而感到驚訝，而是少女的處境讓他嚇了一跳。少女全身被粗繩綁住，口中塞著白布。

「那個壞老人，怎麼可以這樣欺負姊姊呢？」

泰二氣憤的想著，實在無法坐視不管。同情心大起的泰二心想，就算要和老人一決勝負，也先要救出這位姊姊才行。少年的心中，湧現無比的勇氣。

房內正門是敞開的，銜接一條長廊，沒有發現怪老人的蹤影。一定是他將這個獨自在家的少女綁住，再跑到裡面偷東西。

「好，我就趁現在趕快救姊姊吧！跟姊姊拿鑰匙，將老人反鎖在家中，再跑去通知警察。」

泰二立即下定決心，雙手扶著窗緣，藉著在學校練習的機械體操的臂力，趴的縱身一躍，跳進房間裡。趕到少女的身邊後，從口袋裡掏出刀子，割斷繩子。

「振作點，我來救妳了。」

他好像要讓少女安心似的，一邊輕聲說道，一邊動手解開綑住她手腳的繩子。

奇怪的是，繩子解開後，少女仍如石頭般，一動也不動。

難道是昏倒了嗎？用手拍拍她的肩膀，輕輕搖她。

「振作點，妳振作點。」

但少女還是動也不動，不僅如此，觸感也很詭異。原本應該是很柔軟的肩膀皮膚，摸起來卻很硬。

察覺到這一點的泰二，嚇了一跳，她不會已經死了吧？也許是書上

看到的死後的僵硬狀態吧！

泰二慌得不知如何是好。但既然已經解開繩子，乾脆再拿掉塞住嘴巴的東西。於是繞到她面前，正準備拿掉白布。

看到少女的臉龐，泰二又嚇了一跳。這是怎麼一回事？原先美得讓自己心跳，打算救助的少女，竟然不是個人。就好像活生生的人一樣，細緻精巧的蠟人被綑綁住，嘴巴還塞著白布。

到底是誰？又為什麼要做這種事？在老人偷溜進這裡之前，這個蠟人應該就已經被綁在這兒了。

躺在地上的蠟人，用可愛的眼睛看著泰二。這個美麗的少女，和朋友櫻井的姊姊長得一模一樣。

泰二油然生起莫名的恐懼感，彷彿被施了魔法，在做惡夢一般，有種難以言喻的異樣感受。

那個怪老人到底躲在哪兒？從剛才到現在，已經過了十分鐘，遲遲沒有看到他的身影。感覺好像獨自被留在這棟古老陰沈的大宅子似的，有點不舒服。

泰二一時根本無法思考，茫然的呆立著。等到回過神，房內早已一片漆黑。

「咦？」正覺得奇怪，回頭一看時，赫然發現原本打開的窗子，不知何時已經被人用堅固的鐵製百葉窗完全封住。原來就是因為百葉窗擋住射進來的光線，室內才會這麼黑暗。

泰二嚇了一跳，跑到窗邊，雙手用力的想推開百葉窗，可是無論如何使勁，就是動彈不得。

這棟奇怪的建築物，光是外觀就給人很不舒服的感覺，而在室內更有栩栩如生的美麗少女蠟人被綑住。雖然沒有人，但百葉窗卻被關上，彷彿妖怪住宅似的。

泰二受困在一片漆黑的房間裡。要尋找出口，出口也許在走廊的另一端，但是，那個怪老人可能也正在那裡笑著等待自己送上門呢！

泰二不知道該如何是好，可是，又害怕和這個蠟人一起待在黑暗的

房間裡。少女蠟人實在做得太像真人了，泰二害怕她在黑暗中突然站起來，嚇得他寒毛直豎。

於是冒著可能會遇到怪老人的危險，離開這個房間，逃到走廊去。戰戰兢兢的環視走廊，老人也許正躲在某個地方。屋內過於安靜，彷彿空屋一般。

雖然走廊直角處都有門，但是，似乎任何一道門都上了鎖，怎麼轉也轉不開。全都是讓人感覺很不舒服的「打不開的房間」。泰二真想大哭一場。終於忍耐的來到走廊盡頭的一間房間前。

只有這個間房間門是半開的。

「有沒有人在裡面啊」，內心油然升起一股恐懼。門緊閉，讓人害怕；門開著，讓人更害怕。

不過，眼下已經沒有時間讓他猶豫了。泰二丹田用力，鼓起勇氣，偷看門內的情形。

蛭田博士

往門內一看，這個房間比自己預想的更寬廣，而且相當氣派，令他感到很驚訝。

房間的四面牆壁，都是連到天花板的書櫃，架上全是燙金的外國書籍。書櫃四個角落各立著一尊成人大小的嚴肅石膏像。站立在正門右側的，很像是他在哥哥的西洋史插圖中曾經看過的，希臘詩人索福克雷斯（Sophokles）的雕刻，其他三尊應該也是不亞於索福克雷斯的古代偉人像。當然泰二並不認識。

房間的正面，以書櫃為背景，有長達兩公尺的大桌子。桌腳全都有雕刻，茶色的桌子十分氣派，桌子的表面有如鏡子般光亮，後面的書櫃映照在桌子上。

泰二看到有個人坐在桌子對面，低下頭，好像在寫什麼東西。頭髮半白，可能是有相當年紀的人了。和先前所看到的怪老人完全不同，這

人身穿類似軍隊的武官所穿的無袖外套般的西式服裝。

看到之後，泰二不禁鬆了一口氣。這個衣著頗為紳士的人，應該不會對小孩下什麼毒手。於是出聲招呼對方：

「叔叔，你是這家的主人嗎？」

正低頭疾書的人聞言，靜靜的抬起頭，盯著泰二，臉上露出奇怪的微笑。這張臉似曾相識。半白的長髮蓬鬆的垂在身後，鬍鬚半白，鼻上架著黑邊大眼鏡，目光炯炯的看著泰二。

他微笑著沒有回答。泰二只好再問一次。

這時，對方粗聲應道：

「沒錯，我是這裡的主人，到這兒來。」

右手伸到桌子，好像在叫狗似的，用食指做出「過來、過來」的動作。

這個叔叔感覺很詭異，但現在也無路可逃，只好按照他的吩咐走進房間裡，站在如鏡子一般光亮的桌前。

「叔叔，真的很對不起，我偷溜進你們家。先前，我看到一個很像乞丐的老爺爺從你們家窗戶溜進來，我以為他是小偷，所以一直按玄關的電鈴，可是都沒有人應門，因此，我才會跟在老爺爺身後，從窗子爬進來……我、我叫相川泰二。」

泰二好不容易解釋完，對方卻笑著說道：

「我知道你是相川泰二，我正在等你。」

話裡透著古怪。

但是，泰二的腦海裡盡是盤旋著先前那個怪老人，並沒有注意到對方奇妙的話語。

「叔叔，那個可疑的怪老人可能還躲在這個家中，一定是小偷，你趕快把他找出來。」

「哈哈哈……你不用擔心老爺爺的事，他就在這個房間裡。」

「咦，在這個房間裡？」

泰二吃驚的看看四周，但是除了主人之外，沒有看到其他人。這個

奇怪的叔叔到底在說什麼？

「沒有別人在這裡啊！」

泰二狐疑的看著主人。

「不是不在，你看那兒，就在那兒。」

順著他手指的方向往身後一看，書櫃角落石膏像旁，丟了一堆骯髒的服裝，以及一雙破鞋、假髮似的東西，甚至還扔著假鬍鬚。

看到這些東西時，泰二發現這和先前怪老人的打扮一模一樣，當場楞住，不知道究竟是怎麼一回事。

「哈哈哈……你明白了吧，那個乞丐老爺爺就是我。只是我現在已經脫掉那身裝扮，恢復成原來的我。」

泰二嚇了一跳，不禁倒退了兩、三步。

「哈哈哈……驚訝嗎？我的易容術很棒吧！」

「叔叔，你到底是誰？」

泰二有了隨時逃走的心理準備，尖聲問道。

「哈哈哈……你想知道嗎？我就是蛭田博士，是醫學博士。先前我也說過，我是這個房子的主人。」

「那麼，你為什麼要假扮成老爺爺，從窗戶溜進來呢？主人怎麼可能會從窗子爬進自己的家。」

「也許很奇怪，但這是有理由的。老實說，我是想在不被任何人知道的情況下把你叫到這裡來。」

「把我叫到這裡來？那根本不需要喬裝啊！你可以到我家找我。」

「我不能這麼做，以後你就會知道理由了。哈哈哈……你真的很謹慎，的確是個聰明的孩子。如果我隨意出手，很容易就會失敗，因此只好略施小計。」

「你在地上畫的東西，就是為了要引我到這兒來囉？」

「因為你是少年偵探，這麼做的話，你不僅不會告訴別人，還會悄悄的跟蹤我。與其用其他的方法讓你大哭大叫，還不如選擇這麼做更迅速安全。」

聽到這些話，蛭田博士的可怕計謀已經非常明顯了。他要用最安全的方法，在毫無抵抗的狀況之下綁架泰二。

「那麼那個蠟人也是……」

「是的，現在你應該明白了吧！為了讓你進入房間裡，我不得不使些小手段。你是個有俠義心腸的孩子，絕對不會坐視不管。一定會英勇的跑進來救那個女孩。真是個令人佩服的少年啊！」

蛭田博士得意的說道。

「趁你沒有察覺時，我將百葉窗關上，當然，這也是我設計的。家中安裝了很多機關，只要按個按鈕，任何事都可以辦到。如此一來，你就成為我的俘虜了。就算你再怎麼哭鬧，也不會有人聽到。而且窗子關上後，你只能沿著走廊來這裡，我就在這裡守株待兔。

我設下計謀，很自然的將你引到這裡來，不需要抓你，也不需要寫信或打電話找你。你不知道我是誰，你的父母也不知道我是誰，除了那個老人和我之外，沒有人知道你來到這裡。當然那個老人就是我，也就是說，在這個世界上，只有我知道你到這兒來了。

因此，即使你父親報警請求進行協尋，恐怕只是徒勞無功。因為我並沒有留下任何線索，所以你將會完全的、永久的成為我的俘虜。哈哈哈……」

蛭田博士愉快的笑了起來。

泰二已經驚嚇得啞口無言，現在真的無路可逃了。雖然是個小孩，他還是盡量鎮靜下來。這個好像會變魔術的博士愈來愈可恨了。

「你、你到底和我有什麼深仇大恨，你打算怎麼處置我？」

泰二氣憤的皺著可愛的臉龐，怒氣沖沖的逼問道。

妖術

「哈哈哈……你不必擔心，我不會吃了你。我只是想讓你看有趣的東西。」

博士透過大眼鏡，盯著泰二生氣的臉直瞧，說著奇怪的話。

「什麼有趣的東西？」

「就那個啊！」

「我不想看，我要回家。」

「哈哈哈……要回去也得我答應才行。」

「我一定要回家。」泰二堅決的說道。

「哈哈哈……該讓你回去的時候我就會讓你回去，不過，你認為你現在走得了嗎？」

博士說著，悄悄的按下隱藏在桌子下緣的按鈕。這時，泰二所站的地板突然打開，露出四方形的大洞。泰二的身體好像被吸進洞裡似的，瞬間消失。

原來是個陷阱，博士先前就一直等著泰二自投羅網。

泰二的叫聲消失在地底時，打開的地板恢復原狀。房裡好像什麼事都沒有發生過一樣，安靜一如往常。

「嘿嘿嘿……這樣就好了。」

博士很滿意似的喃喃自語。慢慢的從椅子上起身，走近身後高聳的書櫃，抽出兩本大的書籍。手伸入後方的洞穴中，不知道做了什麼。接著，書櫃的一部分就好像門似的，朝裡面打開。這裡也有奇妙的機關，原來在書櫃深處還有祕密房間。

博士走進漆黑的祕室裡，書櫃的門又再度關上。打開燈，這是個詭異的房間。在一側的角落裡，有三、四十個抽屜的大檯子。檯子上方就好像理髮店，擺著一面大鏡子。

四面牆上懸掛了數十組的服裝、外套、帽子，彷彿舊衣店般。下方則陳列著各種形狀的鞋子木屐、雨傘等。

博士進來後，脫掉先前穿的黑色袍子，身上只剩一件襯衫，坐在鏡子前的椅子上。然後，做起奇怪的事。博士摘下眼鏡，置於檯上，雙手抓住半白的頭髮，好像拿掉帽子似的，輕易的將它扯下來，黏在嘴上的假鬍鬚也慢慢撕掉。

啊！原來如此，博士也是喬裝改扮的。先是化妝成乞丐爺爺，後來又變裝為博士。

看來現在這位才是真正的蛭田博士。髮色深黑，皮膚有光澤，看樣子不是老人，而是三十出頭的年輕人。

博士在鏡子下方的抽屜不斷的翻找，不知道在找些什麼。不久拿出一個壓得扁扁的老婆婆的假髮，立刻戴上。接著，打開放滿各種顏料的抽屜，取出畫筆，邊看鏡子邊在臉部塗抹。

不一會兒，鏡中出現一張佈滿皺紋的可怕老婆婆的臉。眉毛也被染成白色，牙齒戴上漆黑的金屬牙套。博士搖身一變，成為一個牙齒脫落的老婆婆。

臉上的妝化好，博士從椅子上站起來，再從掛在牆上的衣物中，選了一件西方老婆婆穿的白上衣及打摺裙，迅速披在身上，然後又選了一件茶色的披肩。腳上沒有穿襪子，只穿了一雙粗糙的木鞋。看起來好像西方童話中的老巫婆似的。

老婆婆彎腰駝背，雙手置於身後。沒有牙齒的嘴裡喃喃自語著，不知道在說些什麼，開始步履蹣跚的走著。

在這個小房間裡，與書櫃相反的方向，有一個小門。老婆婆用鑰匙打開那個門，進入一個好像洞穴的地方。看來是一個通往地底的祕密樓梯。老婆婆喀隆喀隆，一階一階的往下走。

話題再拉回泰二少年的身上。腳邊的地板突然打開，瞬間身體彷彿被拋在空中般，不斷的往下掉，就好像在公園裡溜滑梯似的，以驚人的速度往下滑。

不久，身體好像撞到硬物，原來是洞穴的底部。臀部微痛，身體沒有其他異狀，立刻跳起來查看四周。

掉下來後，入口又被關了起來，現在周圍如黑夜般漆黑。洞穴中好像有用石頭打造的炕爐似的東西，裡面燃燒著柴火，不時吐出紅色的火舌，產生微弱的光亮。

不過，他的眼睛漸漸習慣黑暗之後，依稀可辨洞穴內部的情況。裡

面大約有八個榻榻米大，四面牆壁是用大石砌成的，不像地下室，反而比較像古時穴居時代的洞穴。

燃燒著柴火的炕爐上，架著三根樹枝，形成三角架。三角架上方擺著一個奇怪的鍋子。鍋裡好像有東西，在下方火焰的燃燒下，咕嚕咕嚕的，冒出熱騰騰的蒸氣。

炕爐旁有一張只有一隻腳的大木椅，很像西方童話中有著奇怪形狀的老舊椅子。兩邊的扶手雕著蛇形，從前面看，極像兩條蛇張著血盆大口朝前方撲來似的。尤其在炕爐微弱的火光下，看起來更是栩栩如生，頗為駭人。

看到這個死氣沈沈的陰森洞穴，泰二根本無法想像自己還在東京市內，彷彿跌入了可怕地獄中，心生莫名的恐懼感。這真是一幅不可思議的景象，讓人不禁懷疑自己是否在做惡夢。

就在查看洞穴時，突然覺得背脊發涼，發現了一件打從心底教他震顫的可怕事情。

對面的黑暗中，隱約露出白色的影子。泰二雖然不相信幽靈，但是置身在這個詭異的洞穴裡，也許真的會撞見幽靈，不禁令人毛骨悚然。而且，這個白色的影子在黑暗中慢慢的慢慢的朝自己逼近，愈接近愈能看清他的模樣。因為是用腳走路，所以不是幽靈。可是和幽靈相比，樣子卻更可怕。

銀色如鐵絲般的白髮，披散在肩膀上。白髮下是一張佈滿皺紋的老婆婆的臉。牙齒幾乎快掉光的嘴巴正咧嘴笑著。

上半身罩著茶色的舊披肩，下半身則是百褶裙，腳上是一雙尖頭木鞋，好像從西方童話裡走出來的老巫婆。看到此情此景的泰二，忍不住放聲大叫，逃到洞穴內的一角。

「嘿嘿嘿……你來啦！好孩子，不用怕，老婆婆告訴你有趣的事情噢！到這兒來。」

怪異的老婆婆從披肩下方伸出手，招呼泰二，不斷的接近他。往右逃，她就往右走；往左逃，她就往左走。她不停的逼近泰二。

在無處可躲的洞穴中，無論怎麼逃，都一定會被抓住。最後泰二終於放棄逃跑，抱著必死的決心，臉色蒼白的佇立在原地，用嚴厲的眼神瞪著老婆婆。

「好孩子，好孩子，你真是勇敢的男孩。你要和老婆婆玩瞪眼的遊戲嗎？好，誰先笑，誰就輸了。」

老婆婆開玩笑似的說著莫名其妙的話。站在泰二的面前。白色的眉毛下，炯炯有神的眼睛瞪著泰二。

兩人就這樣互瞪了一會兒。

泰二覺得自己幾乎快要暈厥，但還是忍耐著咬緊牙關，死命瞪著老婆婆。老婆婆的眼睛看起來愈來愈大，好像動物般發出藍光，似乎有種電流朝泰二射了過來。

就在這時，老婆婆滿是皺紋的臉上，突然露出一絲微笑。她雙手伸向空中，在泰二頭上像打拍子似的，慢慢的左右搖晃。

彷彿是一種信號，泰二眼前似乎突然變成白茫茫，已經看不清楚老婆婆的臉了。不只如此，整個洞中都好像被白色煙霧包住一般，全都變成白色，頭腦也開始變得茫然了。

「啊，不行，我現在中了老巫婆的魔法，我一定要振作！」即使想勉強自己鎮定下來，可是仍然無法抵擋老婆婆眼中射出的如電流般的光芒，開始囈語起來。

「我、我要回去，老婆婆救我！」語無倫次的說著。可憐的泰二終於氣力耗盡，倒了下去。企圖爬起來的他，掙扎了一會兒，最後還是不支倒地，昏睡過去。

「嘿嘿嘿……終於睡著了。催眠術的力量很可怕吧！好孩子，你就這樣睡著，聽我的吩咐好了。你要記住我的吩咐噢！」

老婆婆駝著身體，走近泰二，雙手又伸向空中，慢慢朝左右搖晃，好像唸咒語似的，開始低喃起來。

泰二真的被老巫婆施妖術了嗎？不、不，現在世上怎麼可能還會有魔法呢？老婆婆自言自語似的，其實就是催眠術的力量。能夠讓人睡著

，並趁機命令他做各種事情，等他清醒後就會照著去執行，這就是催眠術的可怕之處。

不可思議的盜賊

這天晚上七點，泰二少年若無其事的回到家。

母親詢問他：「阿泰，你怎麼這麼晚才回來？」他回答：「和朋友一起念書嘛！」為什麼不說出事實呢？

當母親說：「阿泰，你還沒吃飯吧？飯已經準備好了，快來吃。」泰二卻好像不敢看母親和傭人似的，默默的跑到書房。也不知在做些什麼，沒有發出任何聲響。

平常每到八點，他一定會跑到母親的房間，撒嬌的說：「我要吃點心。」這已經成為一種習慣。但今晚不知怎麼回事，泰二卻沒有離開房間半步。

母親擔心得不得了，於是端著點心和茶，特地跑到泰二的房間去，看看他究竟發生什麼事。結果，平常不到十點不會睡覺的泰二，竟然已經躺在床上睡著了。

「咦，已經睡著了。奇怪，是不是生病了？」

母親心生懷疑，但泰二並沒有回答。其實泰二沒有睡著，反而臉色蒼白，瞪大眼睛，好像在思考什麼似的。

「怎麼不回答，到底在想些什麼？你在擔心什麼，還是肚子痛？」母親反覆問著，可是泰二仍然沈默不語。而且瞪著天花板的雙眼，流淚似的閃耀著光芒。

「阿泰，你到底怎麼回事？媽媽很擔心你，快告訴媽媽。」母親坐在枕畔，輕輕搖著泰二的肩膀，關切的詢問著。

這時，泰二難以忍耐似的，含著淚水的眼睛看向母親，說道：

「媽媽，我好痛苦啊！」

「咦！痛苦？哪裡！哪裡痛？」母親慈祥的臉稍偏向左，露出焦急

的神情，急忙問道。

「不，不是痛，我擔心得不得了。」

「你在擔心什麼？」

「我不能說，我也不清楚。可是我好害怕，好像有別人的心進入了我的心中，命令我做一些可怕的事情。」

聞言，母親大驚，臉色一陣慘白。她不知道泰二究竟想說什麼，難道精神有問題嗎？

「媽媽，我有事拜託妳……」

泰二眼神空洞的說道。

「你怎麼說這麼奇怪的話，說什麼拜託。快說，只要是你的事，我都願意聽。」

「我的要求很奇怪，希望媽媽不要嚇一跳。拜託妳，用麻繩把我綁起來。」

母親「啊」的輕叫一聲，二話不說，悲傷的看著泰二。孩子要求母親綁住自己，難道是瘋了不成？泰二真的很奇怪。

「媽媽，拜託你！」

「你在胡說什麼，阿泰，不要開這種玩笑。你是不是用這種方法嚇唬媽媽，然後再嘲笑我呢？」

「不，不是開玩笑，我是認真的。如果妳不能把我綁住，我無法安心的。」

「你是認真的嗎？好，你告訴我理由，為什麼要媽媽綁住你？」

「我也不知道為什麼，只是覺得如果不這麼做，我就不能安心。媽媽，拜託妳綁住我，拜託妳！否則我一定會發瘋。」

看到泰二難過的表情，心中好像真的很痛苦，實在很難想像他瘋了的模樣。

母親覺得很困惑。父親因為公司的事到關西出差，家裡只剩傭人，她根本沒有人可以商量。

「快綁住我，否則我就要死了。」

泰二痛苦的扭動身體，潸然落淚。眼前這種景象，讓母親覺得很傷心，用衣袖擦拭著眼眶。

「好啦！好啦！媽媽綁你，你不要再掙扎了，安安靜靜的待在這兒等我。」

母親為了先讓泰二安心，只好暫時答應用麻繩綁住他，於是跑到倉庫去拿綁行李用的繩子。回到泰二身邊，就算孩子拜託，可是做母親的怎麼忍心親手綁住自己的孩子。實在是下不了手，所以，猶豫不決下動作變得很遲緩。但泰二一直要母親別在意，趕緊綁住他。

看來只能綁住他了，否則讓他繼續這麼焦躁不安，他可能真的就要瘋了。母親只好以不熟練的手法，將麻繩綁住躺著的泰二的手腳上。不過，只是隨便綁綁而已。

「再綁緊一點，不能讓我掙脫，要用力的綁緊。」

「好！好！我綁緊一點，這樣可以了吧?你安靜下來，不要胡思亂想，好好睡一覺。」

母親說著，拉開被子為泰二蓋在身上。將泰二當成嬰兒似的，輕拍著哄他睡覺。

不久，可能是因為被麻繩緊緊綁住，泰二終於放下心，輕輕發出鼾聲，進入睡夢中。

母親用手摸摸他的額頭，並沒有發燒。手伸進被子裡，觸摸泰二被綁住的手的手腕，脈搏的跳動也很正常。

「這樣應該不用請醫生來了。還是先看看情況，一切等明天早上再說。」

母親如此心想，於是回到自己的房間裡。

大約深夜一點時，在房間休息的母親，因為突然聽到奇怪的聲響而清醒。好像有人正躡手躡腳的在走廊上行走。

父親不在家，書房裡放置了一些公司重要的祕密文件，如果有小偷闖進來就糟了。母親顧不得恐懼，悄悄的來到走廊。

家中大部分的電燈都已經關掉，走廊對面一片漆黑，看不清有何動

靜。但在黑暗中，感覺好像有黑影在晃動著。母親嚇了一跳，原本想尖聲大叫，可是又怕遭到竊賊的反抗，所以，強忍著不作聲，直直的盯著那個人影。

一會兒，她眼睛漸漸習慣黑暗後，依稀可以看到人影，辨別出人影的輪廓和形狀。

「咦，這不是泰二嗎？」

這條奇怪的人影大約是十二、三歲的身材，端視背影，和泰二一模一樣。

先前母親雖然綁住泰二，但只是隨便綑綁，看來泰二自己已經輕易的解開繩子。

母親發現是泰二後，感覺比小偷闖進來更可怕。她擔心泰二頭腦不正常，似乎變成了惡魔一般。

於是，母親悄無聲息的靠近黑影，小聲叫著「阿泰、阿泰」。

走近一看，這個怪人果然是泰二。可是無論怎麼叫喚，泰二都充耳不聞，甚至沒有回頭看。

泰二不斷朝走廊前進，最後來到父親的書房前。他打開門，跑到裡面去。

母親實在太震驚了，連出聲喊叫的勇氣都沒有。只好待在門外，觀察孩子的種種舉動。

進入書房的泰二，打開燈，直接朝房間的角落走去。

母親懷疑泰二得了夢遊症。夢遊症就是不知道自己正在睡覺，會離床四處閒逛的疾病。泰二眼睛看著空中，搖搖晃晃走路的模樣，就好像夢遊症患者一樣。

泰二走到父親的大書桌前，打開桌腳的祕密小抽屜，拿出一把鑰匙圈。接著，把鑰匙圈掛在右手上，就好像夢遊症者的走路方式一樣，走向另一角落的鋼鐵製的大文件箱，蹲在前面，用手上的鑰匙，插入鑰匙孔中，輕易打開文件箱的蓋子。

母親見狀，不能再坐視不管了。泰二打開的文件箱中，放置了公司

重要的祕密文件。不，不只對公司而言，這些祕密文件如果落入奸賊之手，對國家而言將造成無可挽救的損失。

泰二的父親在東洋製作公司大型製造工廠擔任主任工程師，該工廠製造的機械部分零件的設計圖、估價單、訂購數量或交貨日期等都詳細記錄的文件，目前就在父親的手中，擺在這個好像金庫的文件箱中。

父親到關西出差，在出發之前，特別提醒母親。這不光是公司的祕密，同時也是國家的祕密，務必小心謹慎。

就算是小偷闖入，也不知道鑰匙藏在大桌腳的祕密暗盒裡，所以母親才很放心。

現在小偷不是從外面來，而是在家中，還是父母最寵愛的泰二。桌腳的祕密，泰二當然也知道，不料他竟然會打開鋼鐵箱。

難道泰二真的發瘋了嗎?像個小偷般，半夜起床，溜到書房，開啟父親重要的文件箱。這真是令人難以想像的可怕行為。其中一定有不為人知的原因存在。難道背後有妖魔的詛咒嗎?

泰二在文件箱的抽屜裡找出祕密文件後，蓋好原先的鋼鐵箱蓋子，再將鑰匙放回祕密場所，最後關燈，好像若無其事似的，又像夢遊症患者般走出書房。

母親再也忍不住，打算奮力搶奪文件，於是堵住泰二的去路，以嚴厲的語氣質問：「阿泰，你在做什麼？」

BD徽章

「阿泰，你是不是在做夢？你知道這是什麼嗎？這不是爸爸的重要文件嗎？趕快放回去，這些文件一旦落入壞人之手就糟了。」

但是，由於催眠術的魔力，完全判若兩人的泰二，根本看都不看母親，對她的話更是置若罔聞，用力的推開她，朝走廊的另一端走去。

「阿泰，阿泰！」母親抓住他的睡衣，企圖制止他，可是泰二卻使勁拂開母親的手，回頭露出猙獰的表情，兇狠的瞪著她。

看到此情此景的母親，不禁嚇呆了。自己的孩子——泰二，現在幾乎變成了另一個人，也許對泰二施法的蛭田博士正附身在他身上，甚至連臉都變得跟蛭田博士一樣。

由於過度的驚恐和悲傷，在母親不知所措時，泰二跑到靠近走廊的窗戶，迅速鬆開鉤子，打開玻璃窗，瞬間跳到外面的黑暗中。動作十分敏捷，不像常人的行為。彷彿大蝙蝠般，急速低空掠過。

母親覺得自己快昏倒了，心跳加速，搖搖欲墜的走到窗邊，兩眼無神的看著偌大的庭院。

大片樹叢中有大小兩條人影，好像怪物似的往前奔跑。

小的黑影是泰二，那麼大的黑影是誰呢？雖然母親不知道，但大家都應該知道，他就是蛭田博士。

博士不知何時，已經偷偷溜進相川家的庭院，想要確認泰二是否完成任務。在窗外的黑暗中，以可怕的目光一直盯著房內的動靜。

泰二偷到文件後，博士用他的眼光加強催眠術的念力，傳遞無言的命令，要泰二逃到窗外。接著立刻牽起泰二的手，以驚人的速度，在黑暗中狂奔。從事先打開的後門，迅速消失了身影。

蛭田博士拿到重要的文件後，會不會認為泰二已經沒有用處了呢？會不會只拿著文件就獨自逃走了呢？

然而博士並沒有放開泰二的手，反而不知道將他帶往何處。他到底有什麼企圖呢？

發生這麼詭異的事情，母親的驚訝當然不在話下。她尖叫出聲，傭人們全都被叫了起來，附近的鄰居也都跑過來一探究竟，而且還向警方報案，引起了莫大的騷動。

從這天半夜到早上，開始嚴密的搜查。但是，根本不知道泰二被誰帶向何方。

庭院柔軟的泥土上，可以看到泰二赤腳的足跡和成人的鞋印，所以可以確定有人帶走了泰二。可是因為泰二沒有將在蛭田博士家發生的可怕事情告訴母親，因此，沒有人猜得到這個鞋印究竟是誰留下的。

第二天中午過後，泰二的父親接到電報通知，趕緊從關西的出差地搭特快車趕回來。在公司召開緊急幹部會議，討論重要文件遺失的善後應對策略。

由警政署管轄的全部警察負責搜查犯人，將其列入緊急事件處理。這天晚報大肆報導泰二離家的消息，同時臆測事件背後可能有可怕的間諜魔掌操控。泰二在學校的朋友們，很快的便得知這個消息。

導師和同學們都非常驚訝，擔心他的安危。不過，最關切的當屬大野、齋藤、上村三名少年偵探團的團員。

少年偵探團是以名偵探明智小五郎的少年助手小林芳雄為團長，由喜歡冒險犯難的十名少年所組織的團體。團員包括：三名中學一年級學生、一名小學五年級學生，以及六名小學六年級學生。大家就讀於不同學校，而泰二就讀的學校，除了泰二，還有這三名團員。

這三名團員在事故發生的幾天後，在放學時相約來探望相川家。從泰二的母親那兒得知當晚泰二怪異的行徑、庭院中可怕的人影，以及警察雖然極力搜索，可是沒有任何收穫的情形。三名團員於是憂心忡忡的離開相川家。

三人沿著電車道並肩走著，竊竊私語，討論這個古怪的事件。

「到底是怎麼回事?相川沒有理由偷竊文件啊!一定是被壞蛋所威脅，如果不偷到文件，就要殺了他。」上村幾經深思後說道。

「嗯，應該是這樣。可是那個像一團黑影的傢伙又是誰呢?一定是間諜。」大野思索著。

「我想可能不是日本人，而是外國人。」這是齋藤的說法。提到間諜，一般人多半會聯想到外國人，這是人之常情。

「我看，我們先到明智先生的事務所，和小林團長商量一下，也許他有什麼好的主意。」

上村想了一下，突然說道:

「嗯，說得對，也許小林團長也想見我們。」

齋藤贊成。大野也說:「好，好。」表示同意。

明智偵探事務所同樣位在麻布的龍土町，可以步行過去。

決定要去拜訪少年偵探團團長之後，三人加快腳步。這時，突然有人從後方追趕上來，叫喚三人。

「咦，你們是相川泰二的朋友嗎？是不是少年偵探團的團員？」

三人一驚，猛然回頭，一名三十四、五歲的司機站在那兒，穿著公司的制服，戴著大燙金徽章的司機帽，微笑的看著他們。

「沒錯，有什麼事嗎？」

他們站住詢問對方。司機來到三人的面前，將某個東西遞到三人的面前，並且問道：

「這是不是你們偵探團的徽章？」

仔細一看，果然是少年偵探團的ＢＤ徽章。

看過小說『少年偵探團』的讀者，應該都會知道ＢＤ徽章。這是小林設計的，將「少年」和「偵探」的英文開頭字母Ｂ和Ｄ組合而成的文字圖案。製作出許多如五十錢硬幣大小（約如台幣十元大小）的鉛製牌子，團員各有三十枚，好像團員徽章似的東西。

只要一枚就夠了，為什麼要特地持有二十枚、三十枚呢？這是有原因的。一名團員如果想讓其他團員知道自己的位置，就會將徽章丟在路上，藉著閃耀的銀色光芒，成為顯眼的標誌。

當時小林被怪盜二十面相抓住時，曾經差點溺斃，結果拜這個徽章之賜，才讓人得知他的行蹤，平安無事的獲救。這個徽章如今在陌生的司機手中，三人不禁面面相覷。

「沒錯，這個徽章是BD徽章，是我們的徽章。你是在哪裡拿到這個徽章的？」

上村詢問對方時，奇怪的司機笑著回答。

「我撿到的。」

「咦，撿到的？在哪裡撿到的？」

「不是在這裡，是在很遠的地方，所以應該不是你們掉的吧！」

「很遠的地方？」

「在麻布。我也不知道那個小鎮的名字，去了就知道。」

「原來如此，那麼你還記得撿到的地點嗎？」

「我記得，是在一棟紅色磚瓦的洋房前。」

聽他這麼說，三名少年互使眼色。

蛇屋

也許落在紅磚瓦洋房前的ＢＤ徽章，就是從失蹤的相川泰二的口袋中掉出來的。泰二是否被抓到那棟洋房裡了呢？三名少年靈機一動，雖然有此猜測，但還是必須先去證實。

「叔叔，現在就請你帶我們到那棟洋房去。」

齋藤等人有志一同，於是請求司機。

「是嗎，你們想去看看？好，我也覺得這樣比較好，也許相川少爺就在那棟洋房裡。」

「嗯，所以我們也想去一探究竟。叔叔，請你趕快帶我們去，拜託你！」

「沒問題，就坐我的車去。我的車就停在街道旁。」

司機很高興的接受三人的請託，手指著後面的巷道。

夕陽已經西沈，四周都是大型住宅的圍牆，沒有人煙。跟著司機來到一條巷道，在一堵高水泥牆前，有一輛不太新的汽車停在那兒。

司機打開後座車門，三名少年進入車中，坐在骯髒的椅墊上。

各位讀者，這些少年的思慮是否不夠周詳？雖然要確認徽章掉落的場所，但是與其一行人匆忙前去，不如先通知相川家和警察，透過大人之手進行調查，才是聰明之舉吧！

司機怎麼可能不將這麼重要的線索告訴其他人，只知會就讀小學的少年們，這不是很奇怪嗎？而且這名司機怎麼知道三人是少年偵探團的團員，又是怎麼知道BD徽章的事呢？仔細想想，疑雲重重。難道即將前去的地方將有什麼可怕的命運在等著他們嗎？

可惜，少年們一心想掌握泰二的行蹤，內心慌亂，根本沒有注意到這些疑點。

汽車向前駛去，急馳了五分鐘，終於抵達目的地。司機將車停在某個城鎮。

「可以看到那棟紅色磚瓦的圍牆了，這個徽章就掉落在那戶人家的門前。」

司機遙指矗立在對面的一棟老舊洋房。

「我們就在這兒下車，走到前面去看看。」

上村首先帶頭下車，等到大家都下車後，司機也跳下駕駛座，輕聲親切的說：「我也跟你們去瞧瞧。」

於是司機走在三人的前頭，慢慢的靠近洋房。

來到門前時，發現鐵門半開，似乎可以直接看到洋房的入口，而入口的門好像也是開的，彷彿空屋一般。

「叔叔，這好像是一間空屋？」

「嗯，好像真的是空屋，連門牌都沒有，也許相川少爺就是被綁架到裡面去。」

司機邊說邊走進去，環視四周。

「你們要不要到裡面去看看，好像真的是一間空屋。窗子緊閉，沒有看到任何人影。進來吧！」率先接近入口。三人按照他的吩咐，戰戰兢兢的尾隨在後。

進入玄關，出聲招呼，卻沒有人回應。

「的確是空屋，沒關係，我們進去看看。」

司機好像在自家似的，毫不猶豫的穿著鞋子往上走。通過微暗的走廊，往裡頭直直走去。

少年們雖然覺得有點不對勁，但又擔心泰二真的被關在裡面，都不願逃走，於是跟在司機身後，往裡面走去。

「這房間真的很奇怪。」

司機打開某個小房間的門，往裡面探去，喃喃自語的說著。同時對

少年們招招手，一腳踏進門內。

三個人陸續進去，看到四個半榻榻米大、沒有窗子的微暗小房間。沒有任何家具，沒有寢具，只有空無一物的地板，好像是個小倉庫。

可是，四處查看各個角落，並沒有發現什麼異狀。當三人正準備回到走廊時，司機突然擋住入口，不讓他們通過，並且咧嘴笑著。

「叔叔，你怎麼那麼快就走出去了呢？你為什麼要擋在那裡？」齋藤奇怪的問道。這時，司機張口大笑。

「哈哈哈……喂、喂，你們還猜不出我是誰嗎？我就是這個家的主人。哈哈哈……」

三名少年聽到這般詭異的笑聲，不禁嚇得寒毛直豎，但是，難以接受這個事實。

「主人？怎麼可能？既然是主人，為什麼要裝作好像小偷一樣溜進別人家呢？你不是司機嗎？司機怎麼可能住在這麼華麗的住宅？」齋藤嘟著嘴反問。

「哈哈哈……說的話還真可愛。喂，喂，你們不是少年偵探嗎？難道不知道易容術嗎？我根本不是真正的司機，只是為了引誘你們到這兒來，我才故意喬裝改扮的。」

「那、那你到底是誰？」

「是這裡的主人，我叫蛭田博士。你們仔細看清我的臉。」說著摘掉了司機帽，接著好像用右手手掌拂過自己的臉似的，剛才那張慈祥的臉，瞬間變成猙獰的模樣。

蓬亂的長髮，兇惡的額頭皺紋密得如線一般細，眼睛閃耀著光芒，紅色嘴唇彎曲成新月般，身上長了十分濃密的毛髮。

三名少年被這雙瞇得如線一般細的眼睛瞪視時，彷彿遭到五花大綁似的，楞在原地，無法動彈。

「哈哈哈……嚇得臉都發白了。你們害怕嗎？但是現在就害怕未免太早了。哈哈哈……你們最好乖一點，我會讓你們看有趣的東西。」

這時，原本化妝成司機的蛭田博士如飛鳥一般，突然跳出門外，關

上入口的門，從外面上鎖。就在這時，三名少年佇立的腳下，突然發生怪事。地板好像地震般，開始搖晃。

不一會兒，地板好像門一樣，裂成兩半，朝下打開，於是少年們全都掉進地板下的洞穴中。實在是很可怕的陷阱，這個房間瞬間變成一個洞穴。

滑到底部的三人，雖然痛得幾欲暈厥，但還是勉強忍痛起身。這時才發現這裡比上面的房間大一倍，是個陰氣沈沈的地下室。水泥地的正中央有個大桶，除此之外沒有任何東西。桶上放置著一個西式燭台，兩根蠟燭燃燒著如妖魔舌頭般的火焰。

藉著燭光，注視先前掉落下來高高的天花板，不知何時，像門一般打開的天花板又恢復原狀，完全緊閉，毫無縫隙。在這個沒有梯子的地下室，根本就沒有出口，即使想逃也無處可逃。少年們這才意識到身陷險境，再無思考的力量，只能以受到驚嚇的眼神，無奈的對看。

就在此時，不知何處突然傳來陰森森的笑聲。

「嘿嘿嘿……嚇了一跳吧！真是可憐。不過，事情可還沒結束喔！還有呢？你們知道桶子裡放了什麼嗎？如果有勇氣就去打開蓋子來看看吧！嘿嘿嘿……打開啊！」

三人聞言，不禁毛骨悚然，直瞪著房間正中央詭異的桶子。

裡面到底有什麼東西呢？少年們不敢想像桶子裡裝的可怕東西。他們害怕是被大卸八塊的相川泰二的屍體。那個桶子的大小足以容納一個十二、三歲的小孩。他們注視著桶子，恐懼不斷的擴大，感覺就像桶子裡被綑綁的相川，蒼白著臉正看著這裡。

三人彷彿都想窺探彼此的心意似的，交換著眼神。

「相川一定在裡面。」上村突然這麼說。不過，因為實在太害怕，所以不敢說出「屍體」二字。

「我也這麼想。要不要打開來看？」齋藤說道。

「怕什麼，我們就打開來看。」大野歇斯底里似的叫道，並且迅速衝到桶子旁。不由分說的，雙手抱住桶子，用力將桶子推倒在地。

桶子滾動時，蓋子掉落。映照在地上的燭光，閃耀著異樣的光芒。在茶褐色的燭光照耀下，桶中出現無數藍黑色如繩索般的東西，交纏在一起，掉落到地板上來。

原以為是裝著泰二的三個人，沒想到桶子裡裝的不是他，在驚愕之餘，不斷眨著眼睛。他們終於知道那藍黑色如繩索般的東西是什麼時，少年們又驚又懼，臉色慘白，顫抖不已。原來是數百條蛇。

大小無數的蛇從桶中爬出來，燭光照得蛇鱗閃閃發光。邪惡的眼睛迸射出光芒，紅黑色如火焰般的舌頭不斷吐出，好像在追捕獵物似的四處爬行。陸陸續續的，又有一些蛇從桶中爬出來，幾乎佈滿整個地下室，在水泥地上不斷的蠕動著。

三名少年並非害怕一、兩條蛇的膽小鬼，只是突然看到這麼多蛇，當然會嚇得直發抖。

蛇不要過來，蛇不要過來啊！三人緊緊的擠在地下室角落。蛇似乎要將少年們當成食物，伸出可怕的蛇頭，吐出紅黑色的舌頭，不停的朝

他們逼近。三人在無處可躲的地下室裡，只好抱緊對方，放聲大叫。

蛭田博士真是非常殘酷的壞蛋！抓了相川泰二還不滿足，還將三名少年關在蛇屋裡。

雖然知道他抓相川的目的，但是他和三名少年之間究竟有什麼深仇大恨，為什麼要做如此惡劣的事，讓他們遇到這種厄運？

蛭田博士的做法，著實教人費解。各位讀者，在這個未知的謎團背後，也許隱藏著犯罪的重大祕密。蛭田博士到底是什麼人呢？

兩名偵探

相川泰二少年被綁架，父親重要的祕密文件被偷走，接著輪到泰二的同學大野、齋藤、上村三名少年失蹤了。父母親擔心得不得了，學校也引起很大的騷動。警察為了查緝犯人而展開緊鑼密鼓的搜索行動。報紙上刊登了四名少年的照片，大肆報導這個消息。一時間，整個社會為這個大事件喧騰不已。

最痛心的是相川泰二的父親。他是東洋製作公司的主任工程師，該公司製造機械的機密文件和泰二一起失蹤，不僅對公司萬分抱歉，對泰二的安危更是憂心。

雖然，警察全力在搜捕犯人，可是，東洋製作公司認為，這件事光是依靠警方還是無法安心，因為遺失了與國家機密有關的文件，責任重大，必須儘快索回。

於是公司召開幹部會議，結果在相川主任工程師的提議下，請求民間名偵探明智小五郎處理這個事件，協助警察，搜查犯人。主任工程師親自來到偵探事務所拜訪，希望偵探接下這個案子。

明智偵探爽快的答應，但是因為沒有任何線索，案件困難度極高，即使是名偵探，也不可能立刻發現犯人。

就在心痛中，已過了兩、三天，警政署和明智偵探事務所都沒有傳出任何好消息，相川主任工程師等公司的人，都變得更焦躁不安了。

就在機密文件失竊後的第五天下午，一個奇怪的人出現在東洋製作公司的玄關，要求會見相川主任工程師，想要和他討論一下這次的偷竊事件。看到小弟拿來的名片上印著「私家偵探　殿村弘三」，原來是個默默無聞的私家偵探，不過，相川主任工程師還是抱著姑且聽之的心理，要小弟帶他到接待室去。

主任工程師早一步來到接待室，等著客人的到來。在小弟的帶領之下，走進來的人異樣的風采令他吃了一驚。

這位名叫殿村的私家偵探，看起來大約五十歲，外形不甚雅觀。背部好像長了個大瘤似的，整個背部隆起，上半身彎成兩半。唯獨臉，彷佛蛇抬起頭似的挺向空中。

不只是外表，他的表情也十分猙獰。一頭雜亂無章的頭髮，好像數年未理。眉毛好像兩條毛毛蟲，粗大彎曲。眉毛下方則是炯炯有神的雙眼。上唇外翻，參差不齊的牙齒裸露在外。臉頰延伸至下巴的鬍鬚凌凌亂亂。總之，是一張十分可怕的臉。

而且身著幾十年前流行的老舊黑色西裝，拄著一支彎曲奇怪的木製手杖，用力且搖搖晃晃的走著。這種人真的能夠從事偵探的工作嗎？實在讓人懷疑。

「我是相川，你是殿村先生嗎？」

主任工程師很驚訝，看看名片，又看看對方的臉，詢問道。

「沒錯，我就是私家偵探殿村弘三，真是冒昧。不過，我想相川先生一定很擔心孩子的安危，而且希望公司的重要文件能夠儘早取回。」

殿村大搖大擺的坐在椅子上，手杖擺在身前，下巴則置於手杖上方似的看著主任工程師。

「這是當然的……」相川不了解對方的想法。殿村則口沫橫飛的繼續說道。

「那麼我告訴你，你的做法是錯誤的。聽說你拜託明智小五郎來偵查此事件，那個乳臭未乾的小子，光憑他的能力，怎麼可能解開這個事件之謎呢？嘿嘿嘿……這種案件是明智那種不成熟的作法無法應付的。

你看，從東西被偷走到今天，總共過了幾天啊？已經五天了，浪費了這麼多的時間。不管是警察還是名偵探明智，都找不到線索。相川先生，你為何不將案子交給我，我只要明智一半的時間，就能取回文件，並且救出四個小孩。我大概已經知道犯人是誰了。」

敢說名偵探明智小五郎是乳臭未乾的小子，這名男子到底是何方人物？不會是個瘋子吧！相川主任工程師說道。

「等等，你說你大概已經知道這個事件的犯人是誰了嗎？」

「我掌握到了明智做夢都沒有想到的線索。如何，相川先生？你放棄明智，將這個事件交給我。十天之內，我一定帶回文件和孩子們。」

殿村自信滿滿，以平靜的語氣說著，絲毫沒有遲疑。雖然臉上的表情很可怕，但仔細端詳，炯然有神的雙眼，似乎迸射著能夠看透人心的光芒。倒也算是一號人物！

看著對方的表現，再聽他說話的同時，相川對於這號怪人愈來愈感興趣。

「殿村先生，如果你說的是實話，我當然很高興藉助你的力量，但是公司已經和明智偵探簽約，不能中途支退明智先生改交給你處理。等我先和他們商量之後再答覆你好嗎？」相川很有禮貌的回答。而怪偵探好像很高興似的說道：

「好，沒問題，那麼就把明智小五郎叫到這兒來吧。這傢伙在犯罪搜查上浪費這麼多的時間，怎麼還可以如此悠閒呢？打電話叫他來吧！我在這兒等著他。

等他和我見面之後，就知道我是什麼樣的男人了。他好歹也是一流的名偵探，等他見過我，就知道我的實力如何。」

見他極富自信的模樣，相川不得不聽他的吩咐，和董事們商量這件事。結果公司認為，既然這個怪偵探都這麼說，也許真的可以信任，就按照殿村的希望，先請明智偵探走一趟。於是立刻打電話到明智偵探事務所，通知他這個消息。

明智偵探剛好在事務所裡，接到電話後，詳細詢問殿村的情況，並

允諾馬上趕到。

相川主任工程師和殿村偵探，沈默不語的在接待室等候明智。三十分鐘之後，明智偵探面帶他那招牌微笑走了進來。相川主任立刻為兩人介紹，簡單的寒暄之後，殿村立刻切入正題。

「明智先生，你在這件事的處理上似乎有點軟弱噢！不知道你現在有沒有掌握到什麼線索呢？」

聽到他的質問，明智沒有生氣，反而覺得很可笑似的笑了起來。

「哈哈哈……正如你所說的，我的確沒有掌握到任何線索。但是，我不是軟弱，像這類困難的事件以往我遇過幾十次，卻從來沒有失敗的例子。」

「嘿嘿嘿……你很堅強，不過，沒有任何線索真是令人同情。我大概已經知道犯人是誰，同時掌握了兩、三條有力的線索。

明智先生，我勸你還是投降吧！我已經跟相川先生說過，從今天算起，十天內，我一定將文件和四個孩子帶回來。明智先生，我說的是十天噢！」

殿村好像猴子般，露出黃板牙，口沫橫飛的吹噓著。明智先是沈默不語，後來看到他的模樣，莞爾一笑，若無其事的回答。

「十天未免太長了，我只要五天就可以找出犯人……」

殿村聞言，驚訝的看了明智一眼，難看的臉露出更難看的笑容，說道：

「你是不是在說謊？沒有掌握到任何線索，就想在五天內破案，你根本是在唬人。」

「絕對沒這回事。我保證可以找到線索，同時抓到犯人，帶回文件和小孩。就這件工作而言，五天還嫌太長。我承諾的搜查期限從來沒有違約過。」

「哼！沒有任何線索就想在期限上做文章，好，那麼我四天內就可以完成，四天噢！」

殿村氣得滿臉通紅的說著。

「好，那麼我也保證四天內完成。」

明智一步都不退讓，就好像犯人已經手到擒來似的。

「畜牲！隨便做這種荒謬的約定，我才不幹這種事。」

殿村氣得站在明智面前，露出黃板牙，兇惡的表情好像快要把他吃下去一般。並且伸出三根手指，忿恨的說道：

「三天，我三天就可以解決這件事。今天是九號，在十一號入夜之前，我一定將事件做好。」

「沒問題，我也約定到十一號入夜之前辦妥。」

明智毫不退讓，斬釘截鐵的說著。

各位讀者是否開始擔心了呢？掌握有力線索的殿村最初說十天，沒有任何線索的明智，就算是名偵探，卻做出這樣的決定，未免太有勇無謀了。

相川主任工程師，默默的聽著兩位偵探的口舌之爭，心想再這樣下去，不知道爭吵何時才能結束，於是插嘴說道：

「你們不必在日期上爭執，不管是誰去辦這件事，我們只希望能早點取回文件，找到孩子們。你們就盡量去搜查犯人吧！我不打算讓你們競爭。但是殿村先生，既然你願意助一臂之力，我當然不會拒絕。明智先生，你有什麼意見？」

「啊，對不起，相川先生，無聊的爭論一定讓你覺得不舒服。我沒有什麼意見，我就和殿村競爭找出犯人。我沒有任何線索，這個競爭對我而言當然很不利。不過，無所謂，這樣反而讓我更佔上風。」

明智心平氣和的答應相川主任工程師的要求。

「殿村先生呢？」

「雖然明智不足以成為我的對手，但是既然他願意這麼做，我就接受挑戰。不過，明智先生，我勸你現在就投降，這場競爭你根本不可能獲勝。嘿嘿嘿……」

殿村仍然口氣諷刺的說道。

乞丐少年

不久，明智和殿村兩位偵探，相繼走出東洋製作公司的大門。

殿村並沒有向明智道別，反而用充滿敵意的眼光瞪了他一眼，然後拄著拐杖，身體彎成兩半，搖搖晃晃的離去。

這時，不知道躲在何處的一個乞丐小孩，從石門中出現。長而蓬亂的頭髮，骯髒的臉，破亂不堪的服裝，看起來是一名年紀約十四、五歲的邋遢少年。

乞丐走到門外，抬頭看了一眼目送殿村遠去的明智偵探，明智偵探也回看他一眼。兩人四目交接時，相視一笑。咦，明智偵探難道認識這個乞丐嗎？如果不認識，怎麼會對他微笑呢？

但是，乞丐少年不發一語，好像在追趕殿村似的，轉身離去。駝著背，拄著手杖，步履蹣跚的殿村偵探，以及在其稍遠的後方，跟著一個小乞丐。兩人的姿態看起來就好像奇妙的親子一樣。

明智偵探回到事務所後，來到樓下的房間，悠閒的閱讀書報，並沒有外出調查線索。

晚餐用畢，又鑽進同一個房間裡，將紙攤在桌上，進行高等數學計算。這是明智的興趣之一，只要有空閒或感到困惑時，他就會開始做令一般人頭痛的數學問題，這是他的習慣。真是獨特的興趣！

不過，他真的這麼悠閒嗎？承諾三天內就要找出犯人，對手殿村這時一定意氣風發的展開行動，而在這關鍵時刻，明智卻在做與事件毫無關聯的數學計算題，是不是太浪費時間了？到底明智在想些什麼？

這天晚上八點左右，發生了奇怪的事情。一個身影偷偷出現在正在計算數學問題的明智房間的窗外。窗外一片漆黑的樹叢中，好像有人影晃動。不知道是誰將臉貼在玻璃窗上，偷窺房間內的情景。緊接著，偷偷打開窗戶，跳進室內，原來是個骯髒的乞丐少年。

啊！就是白天跟在殿村偵探身後的那個乞丐少年。他偷溜進來，到底有什麼企圖呢？難道是奉了殿村之命，前來加害明智嗎？埋首在計算

題中的明智偵探，渾然不覺有人打開窗戶，偷溜進來。當乞丐少年跳進來站定時，偵探這才從桌前抬起頭，回頭一看。

這一看，明智偵探是不是感到很驚訝呢？或者乞丐少年被偵探發現了，是不是會落荒而逃呢？不、不，兩者都不是。奇怪的是，偵探和乞丐少年兩人都不驚慌，甚至相視而笑。

接下來的事更奇怪，乞丐少年毫無顧忌的走到明智的桌前，在偵探耳邊附耳低語，說了好一會兒，才抬起頭，笑了起來。

明智偵探邊點頭邊聽乞丐少年說話。聽完之後，默默無語的抬起右手，做出奇怪的手勢。然後乞丐少年離開桌邊，無言的退到先前跳進來的窗前，從窗口跳出，消失了蹤影。

就這樣，搜查的第一天，明智待在房間裡，什麼也不做。第二天和第一天一樣，毫無動靜。偵探足不出戶，依然熱衷於計算數學問題。

入夜，也是約八點時，又發生和前一晚相同的事情。乞丐少年從窗外跳了進來，在偵探耳邊低語。接著又消失在窗外。

各位讀者，這究竟意味著什麼？明智偵探在和殿村的競爭中是否已經舉手投降，放棄搜索了呢？當然不可能，那麼為什麼明智一步也沒有踏出家門呢？難道明智想藉著一些異想天開的手段打倒敵手殿村嗎？如果真是如此，到底是什麼樣的手段呢？

而這個奇怪的乞丐少年又是誰？這個貌不驚人的小乞丐，三番兩次在明智耳邊說悄悄話，到底在說些什麼呢？

怪屋之怪

終於到了約定的第三天了。相川主任工程師引頸企盼，兩人中的其中一人能夠帶來好消息。可是左盼右盼，盼到了天黑，卻遲遲沒有盼到兩人出現。

雖然做了約定，可是大概真的無法如期達成。正當相川已經放棄、打算回家時，一名小弟拿了名片進來，原來是殿村弘三來訪。

於是趕緊請他到接待室，見面之後，殿村對相川說道：

「我按照約定，已經找到犯人的大本營。明智小五郎還沒有來嗎？你看，這場賭局是我獲勝了。你也跟我一起來吧！中途我們還要到警政署去，請偵辦的刑警一起到犯人的據點去。」

「真的嗎？謝謝你。如果能夠取回重要的文件，找回孩子們，那就太好了。犯人的據點到底在哪裡呢？」

相川聽到好消息，滿臉笑容的詢問道。

「不，稍後你就知道了。隔牆有耳，不能夠在這裡談。總之，跟我一起去就對了。」

於是相川不再追問，並將此事轉達給董事們，就和殿村一同搭乘公司的座車前往警政署。

警政署負責這個案件的中村搜查組長，聽到殿村的報告之後，決定立刻前去一探究竟，於是率同數名部屬，分乘兩部汽車，趕往犯人的根據地。

在殿村的指示之下，汽車停在麻布的六本木一條寂靜的住宅街上。一行人在該處下車，跟在殿村的身後。在黑暗的街道上走了約半公里，看到一棟被紅色磚牆包圍的老舊洋房。各位讀者應該知道，這就是怪人蛭田博士的宅邸。

「各位，這就是犯人躲藏之處。大家安靜一點，不要被對方察覺。為了避免被犯人逃走，我們最好兵分多路，守住出口。」

中村組長聽到殿村這麼一說，於是命令刑警們，守住洋房的大門和後門。

「那麼，我們三個人就進去瞧瞧，在情況危急時，就算把門踢破也無妨，但現在我們最好還是安靜的進去。」

於是殿村、搜查組長和相川主任工程師三人，悄悄的鑽進門內。

可是，來到洋房的玄關時，入口的門竟然是開著的，家中並沒有燈光，就好像是空屋一樣。

「咦，真奇怪，應該不會這樣啊？」

殿村偵探彎腰駝背的思索著。

「可能是犯人知道消息而逃走了。」

搜查組長輕聲說道。

「不，不可能，我絕對沒有被對方發現，我們還是先進去看看。」

殿村說著走進洋房內，不斷摸索著屋內的牆壁，總算找到了開關，按下去之後，走廊的電燈啪的亮了起來。

「往這裡走，走廊盡頭有犯人的書房，到那兒去找找看吧。」

殿村好像很了解住宅內部的擺設，率先朝走廊深處走去，帶另外兩人來到書房。但是進入書房一看，裡面卻空無一人。

「奇怪，難道真的聞風而逃了嗎？不過，還有別的地方要搜查，就是這個住宅的地下室。」

殿村說著，點燃書房大桌上燭台的蠟燭，拿著燭台，走到正面的書架前，他取出放置在中段的兩、三本洋書，接著手伸入縫隙中，不知道做了什麼，結果，奇怪啊！書架的一部分就好像門似的，無聲無息的打開，看到裡面有一個祕密房間。

各位讀者，你們應該知道這個書架的機關吧！但是，第一次看到這個機關的相川和中村組長，驚訝得說不出話來，非常佩服殿村偵探竟然能夠發現這個機關。

「裡面有通往地下室的階梯。」

殿村詳細說明，藉著燭光照耀在前頭帶路。通過各位讀者也知道的放置衣物的密室，走下狹窄的階梯。

拄著手杖，彎腰駝背，走下階梯的模樣，和眼前陰氣沈沈的空間十分吻合。殿村這時給人的感覺不是人，而是來自未知世界的妖魔鬼怪。

中村組長為了預防萬一，掏出事先準備好的手槍，讓相川走在自己身後來保護他。瞪大眼睛，尾隨在殿村後面。

走下樓梯，鐵門開啟時，進入泰二少年遇到老巫婆，大野等三名少年遇到蛇的可怕地下室。如今裡面空無一人，潮濕的地下室特有的氣味撲鼻而來。

殿村藉著燭光，調查地下室各個角落，發現空無一物，根本沒有可以藏匿的工具。

「奇怪，這裡全都被搬空了。」殿村覺得很不可思議。

覺得不可思議的不只是殿村，各位讀者一定也很納悶，泰二和三名少年究竟身在何方？那些猙獰的蛇又怎麼會憑空消失？就連裝蛇的桶子也不見了。

派遣守在門外的刑警仔細搜查建築物二樓到地下的各個房間，卻沒有找到任何人，這棟洋房就好像是空屋一樣。

經過一番地毯式的搜索，殿村、相川和中村組長三人回到原先的書房，站在書桌前，無言的對望。

「殿村先生，看來我們是在犯人撤退後才趕到。」搜查組長看著今晚才由相川引薦認識的奇怪偵探，對他說道。

「不，不應該是這樣，犯人的確待在這個建築物裡。不只如此，連文件和小孩們也應該都在這裡。」殿村垂頭喪氣的環顧四周，喃喃自語的說著。

「但是，沒有看到任何人啊！難道還有沒有搜查過的地方嗎？」

「等等，其中一定有什麼祕密。我覺得四個孩子好像就在眼前，但卻無法發現他們。」

殿村用手杖不斷的敲著地面，在房間來來回回的走著。

像毛毛蟲般粗大的眉毛下，露出銳利的眼神，突出的牙齒不斷的噴出泡沫，喃喃自語的說著。接著又集中心神，不知道在思考什麼。

不久，殿村的腳突然停了下來。

然後，好像自言自語的說著奇怪的話。「對了，一定沒錯，我是那麼笨的人嗎？怎麼可能連這一點都沒有想到。」

接著，他朝著擺在房間四角的石膏像之一，也就是各位讀者知道的索福克雷斯石膏像前走去。突然拿起手杖，敲打石膏像的肩部。

這時，希蠟大詩人索福克雷斯石膏像不斷的搖晃著，首先是右手臂從根部斷裂，散落一地，碎片如雪花般飄在殿村偵探的手臂和側腹上。

殿村偵探不會是瘋了吧？還是這個舉動的背後隱藏著什麼含意？

石膏像的祕密

站在一旁的相川主任工程師和搜查組長，驚訝的跑到殿村身邊。

「殿村先生，你在做什麼？沒有發現犯人也不需要怪罪石膏像啊！不要像個小孩一樣亂發脾氣。」

相川主任工程師，抓住殿村偵探舉起來的右手臂，生氣的說著。

殿村氣憤的拂開他的手，醜陋的臉更加扭曲，大叫道：

「怪罪？哼，我哪有怪罪！這些石膏像全都是假的，難道你看不出來嗎？仔細看清楚，這個石膏像沒有腳。

真正的索福克雷斯像在衣物下面會露出兩隻腳，但是，這個石膏像沒有腳，下面全都被衣物遮住。其他三個石膏像也一樣，根本沒有露出腳來。這不是很奇怪嗎？

古希臘雕刻都是全裸，或者即使穿著衣服，也會露出手腳，這是當時的風俗習慣。但是，這四個模仿雕刻的石膏像卻四個都沒有腳，而且全都用衣物覆蓋著，很像吊鐘的形狀。

你們知道為什麼嗎?應該知道了吧！我現在才察覺到，這家主人故意做出沒有腳的石膏像，為什麼要這麼做呢?這表示石膏像中一定藏著什麼東西。如果要藏些大型的東西，為避免雕像倒下來，就不能夠做出腳來。哈哈哈……你們還不知道嗎?再仔細看看，我已經揭開石膏像的祕密了。等等、等等，用這個木杖是不行的，我記得祕室中有鐵鎚。」

當殿村說完後，急忙走進掛滿各種衣物的祕室中，不一會兒就拿了一把大鐵鎚出來。

「請睜大眼睛仔細看吧！如果我沒猜錯，裡面一定會跳出什麼東西來。」

話沒說完，殿村的右手揮向空中，鐵鎚前端像子彈般擊中石膏像。一下、兩下、三下……石膏像發出巨大的聲響，開始碎裂。結果，在石膏內部空洞處，發現了奇怪的東西。原來是一個人的頭，而且嘴巴

被白布堵住。赫然是一張蒼白少年的臉。

「啊！」相川主任工程師發出驚訝的叫聲。殿村毫不在意，繼續揮舞著鐵鎚，終於將石膏像擊得粉碎。

石膏像裡藏著一個嘴巴被布塞住，全身被五花大綁，穿著睡衣的少年。石膏像被打破，沒有支撐的東西，於是少年從檯上滾落到地面上。

「泰二，你不是泰二嗎？」相川主任工程師大叫著，趕緊跑過去，扶起倒下的少年。他的確是主任工程師的愛子相川泰二，現在正穿著被綁架時的睡衣。

中村搜查組長也跳過去幫忙，拿掉塞在嘴巴的白布，解開綑綁的繩子。而泰二似乎沒有受傷，只是受到驚嚇，呼吸困難，幾近暈厥。獲救後，立刻清醒過來，看到相川主任工程師，大叫一聲：「爸爸！」就鑽進父親的懷中。

「哈哈哈……如何，相川先生？這下你明白犯人的魔術了吧！石膏像藏人，的確很奇特……等等，還有三個石膏像，全都打破來看看。」

殿村偵探手更加得意，他手持鐵鎚，搖搖晃晃的走近角落其他尊石膏像，用力的敲打。

在破裂的同時，石膏像的碎片如雪花般飛散，結果看到裡面是個穿著黑色衣服的少年，和泰二同樣的，嘴巴被塞著東西，五花大綁的倒了下來，原來是大野敏夫。殿村愈來愈得意了。

「我的智慧如何呢？」說完，露出一口黃板牙，咯咯的笑著。就好像小孩在破壞玩具似的，陸續擊破另外兩尊石膏像。

這兩尊石膏像中，正如殿村想像的，藏著齋藤、上村兩名少年。就這樣，奇怪的偵探成功的救出四名少年。

少年們似乎毫髮無傷，拿掉塞在嘴巴的布，解開綑綁的繩子後，全都恢復了元氣。四人聚集在一起，分享平安無事的喜悅，並頻頻向三名大人道謝。

中村組長和相川主任工程師先前還認為這位偵探只是在自吹自擂，現在看到眼前的事實，不得不佩服殿村高明的手腕。雖然他的模樣像妖怪一樣可怕，但內心對他的敬佩之意卻油然升起。不愧是名偵探！

明智在此

就在這時，書房門外響起雜沓的腳步聲，傳來很多奇怪的叫聲，房間裡都聽得到。

到底發生什麼事？中村組長打開門一看，走廊上站著幾名部屬和穿著西裝的男子，不知道在那兒爭吵些什麼。

「怎麼回事，這些人是誰？」

組長大聲詢問時，一名刑警答道：「是新聞記者，不管怎麼阻止他們，他們都說已經和殿村先生約定好了，執意要進來採訪。」很抱歉似的回答。

殿村偵探聽到熙嚷的叫聲，搖搖晃晃的走到門邊。

「啊！原來是各位新聞記者們，來得好。沒關係，進來吧！中村先

生，這些人是我打電話請他們來的。因為兩小時後，我就要發表這個犯罪事件的真相。」

「你怎麼可以這麼做，我們還沒有抓到犯人啊……」

中村組長生氣的質問殿村。

「犯人？哈哈哈……犯人已經形同被我抓到了。中村先生，你不要露出那麼可怕的表情嘛！這裡就交給我，平安無事的找到四個孩子，這可是一件大功勞噢！」

中村聞言，畢竟殿村的確立下這麼大的功勞，因此，組長也不能再說什麼。而且這位偵探將新聞記者叫到這裡來，也許有他的道理在。中村組長勉強退後一步，默許記者們進入室內。

「各位請到這兒來。請你們看看被破壞的石膏像和四名少年。被綁架的相川、大野、齋藤、上村四人就在這裡。什麼，拍照？想拍這些少年的照片，好，你們拍吧！不過，在此之前，我有東西讓各位看。

沒什麼，就是製作公司的機密文件。我知道文件藏在哪裡。既然你們都來了，我當著各位的面，找出重要文件來。找文件其實不是什麼難事。就在這裡，在這個垃圾桶裡。」

殿村好像開玩笑似的說著，走近房間正中央的大書桌，在其下方的垃圾桶中，取出了一綑文件。

「相川先生，請你檢查一下，這些是不是從你的金庫被偷走的文件呢？」

相川主任工程師聞言，嚇了一跳，立刻跑到殿村身旁，接過這份文件。由於不能讓重要的機密文件，公諸於新聞記者面前，於是走到房間角落開始翻閱。接著將紙上的縐褶撫平，摺成兩半，小心翼翼的擺在西裝的內側口袋裡。

「相川先生，既然你將它收在西裝的口袋裡，那就表示它是失竊的文件囉！是不是那份機密文件呢？」

「確實是被偷走的文件，幸好全都齊全。但是費心偷走的文件，為什麼要丟在垃圾桶裡呢？這到底是怎麼一回事？」

相川主任工程師困惑的看著殿村偵探。

「哈哈哈……相川先生，這你就有所不知了。對方使用這個手法只是想欺瞞眾人的眼光罷了。

像這四個孩子被藏在石膏像中，也是一種障眼法。同樣的，大家一定都認為文件被收藏在隱祕的場所，可是絕對不會有人想到，這麼重要的文件會被丟在垃圾桶裡，而且還捲成一綑。

一般人多半只會注意到上鎖的抽屜、祕密的架子。這些難以發現的地方，根本不會有人去看垃圾桶。狡詐的竊賊，會把最重要的東西放在任何人都不會留意到的地方。垃圾桶丟的都是一些廢物，是最不會引人注目的場所。這就是魔術師的手法，現在你們明白了嗎？」

說到這裡，殿村偵探益發得意，就連專家中村搜查組長對於他能夠識破竊賊的手法也十分佩服。

新聞記者們聽到後，更是個個瞠目結舌。

殿村偵探得意洋洋，勉強想挺直駝著的背。右手仍舊拄著手杖，左手拇指插在西裝側的口袋裡，其餘四指則貼在自己的胸前，彷彿打著拍子似的，準備開始進行演說。

「各位新聞記者，四名少年和機密文件，藏在意想不到的場所被找到。就如先前你們所看到的，我漂亮的把他們找出來了，希望各位在明天的早報，用三段或五段的文字加以報導。

另外，我還想說一件重要的事情。其實說穿了也沒什麼，就是我比名偵探明智小五郎早一步找到人和東西。就是各位以往吹捧的日本第一的名偵探明智噢！

這次的事件是我和明智一較長短的機會，結果你們都已經知道了，默默無聞的私家偵探殿村弘三戰勝了明智。

關於這一點，各位一定要清楚的告訴社會大眾。現在明智已經不再是日本第一的名偵探了，反而出現了一位新的偵探殿村，他戰勝了明智先生。嘿嘿……明智偵探聽到這個消息一定會很驚訝吧！他現在不知道在哪兒閒逛，等到明天在報紙上看到這個消息時，大概會驚訝得臉色蒼

白，哈哈哈……我終於擊敗他了。

請大家一定要仔細報導這件事，我完完全全的戰勝了名偵探明智小五郎。哇哈哈哈……我真想看看明智先生的反應。他在我面前保證三天內要解決這個事件，只剩兩小時就到約定的期限了，現在他卻還沒有找到犯人。哇哈哈……明智先生，你現在到底在哪裡徘徊呢？」

殿村志得意滿的露出黃板牙，口沫橫飛的說著。這時，突然聽到房間裡傳來奇怪的笑聲。

「哇哈哈哈……」比殿村的笑聲更高亢，而且似乎覺得非常有趣似的狂笑著。

殿村偵探嚇了一跳，不再說話，瞪著笑聲傳來的方向。

「是誰，誰在那裡笑？為什麼在我認真說話的時候笑？不准笑、不准笑！」

對方似乎是回應他的話，從新聞記者中走出一名男子，排開眾人，走了過來。看他的服裝，似乎也是新聞記者之一。這名男子笑容可掬的站在殿村偵探面前。

「殿村先生，明智在這裡呢！你不是說想知道明智在哪裡，想看看他的反應嗎？我就讓你仔細的瞧瞧好了。」

殿村聞言，錯愕得臉色大變，倒退了兩、三步。仔細一看，眼前這位穿著新聞記者服裝的人，不就是明智偵探嗎？

「哈哈哈……從一開始，我就躲在新聞記者們的背後，聽你發表的演說。的確很精采，這樣才能讓我差點笑破肚皮。」明智偵探用揶揄的語氣嘲笑殿村，彷佛覺得很好笑似的又笑了起來。

你是犯人

在座的一行人，對於明智偵探的突然出現，都驚訝萬分，其中，最震驚的人還是殿村偵探。他做夢都沒有想到，明智偵探會出現在這個房間裡。不過，不愧是殿村偵探，他好像是要掩飾驚訝的神情般，立刻放

聲大笑。

「哇哈哈哈……明智偵探你來得可真晚啊！現在你還想做什麼，搜索都已經結束了。被綁架的四個孩子，你也看到了，已經安然無恙的平安救出。震驚世人的機密文件也塞在相川先生的口袋裡。這些都是我發現的，真是遺憾啊！並不是你發現的。明智先生，你來這裡的目的是什麼？是來出洋相的，還是看到我高明的技巧，想要拜我為師呢？」

聽到這番話，明智先生依然泰然自若，笑臉迎人，平靜的說道：

「我是來看你的手腕的。你的推理的確不錯，可惜，我不想拜你為師，因為你知道的事情我都知道，我只是看你在演什麼樣的戲罷了。為了看你演這齣戲，所以我故意躲起來。看來你演得很精采噢！」

「哼！明明已經輸了還在那裡自吹自擂，誰會相信你？說什麼我知道的事情你早就知道。嘿嘿嘿……少在那裡胡說八道。」

「事實上，我知道的比你更多，我可以拿出證據讓你瞧瞧……」

「確實是個不服輸的傢伙，這可有趣了。你要讓我看什麼證據？」

「想看嗎？」

明智不知為什麼面露諷刺的微笑，注視著殿村醜陋的臉。但殿村卻絲毫不以為意。

「我當然想看。」

「我先問你，你不是承諾要抓住這個事件的犯人嗎？為什麼只找回四名少年和機密文件，卻讓重要的犯人逃走了，不是嗎？你根本沒有履行約定，還在這裡吹噓，不是很奇怪嗎？」

「哼！你說這件事情啊！這不是雞蛋裡挑骨頭嗎？你不也一樣，別說要抓到犯人，你根本連犯人的行蹤都不知道。而我剛建立這麼大的功勞，只不過沒有抓到犯人而已。你有什麼資格責怪我，既然你這麼說，那你就自己去找出犯人來好了。看你說話的樣子，好像已經抓到犯人一樣。嘿嘿嘿……」

對於殿村的嘲弄，明智很有技巧的擋了回去。

「我當然知道犯人的行蹤。不，不只如此，我已經抓到他了。」

「咦？什麼，抓到犯人？哈哈哈……真有趣！請把他帶來我們看看吧，還是說無法帶他來呢？」

「你想看嗎？」

「嗯，當然，我倒想看看。」

「犯人就在這裡，就在這個房間裡。」

明智突如其來的一句話，令在場的人目瞪口呆。這裡只有相川主任工程師、中村搜查組長、刑警、新聞記者，以及四名少年，根本沒有什麼可疑的人物，為什麼說犯人在這個房間裡呢？

難道犯人混在新聞記者當中嗎？但是根本沒有這個必要啊！犯人沒有必要選擇警察和偵探都在的場合出現。

「喂！喂！明智，你是瘋了，還是在做夢？犯人藏在房間的什麼地方呢？」

殿村突然臉色蒼白，舔舔嘴唇，用尖銳的聲音問道。

明智偵探面帶笑容，舉起右手，用食指指著殿村偵探的鼻尖。

「殿村先生，不，也許我應該稱你為蛭田博士吧……你，你就是犯人。」

殿村先生好像被子彈射中胸口似的，搖搖晃晃站立不穩。臉色煞時變得慘白，接著又因氣憤而瞬間發紫。就好像被追趕的野獸一樣，露出猙獰的黃板牙，恨不得咬明智偵探一口。

「愚、愚蠢，你在胡說什麼，根本沒這回事。我是殿村弘三，是私家偵探。明智，你是不是瘋了。中村先生，這傢伙賭輸了，竟然開始胡言亂語，快把他帶走，把他帶離開這裡。」

「殿村先生，不，蛭田博士，你不必這麼生氣，我什麼都知道了。如果你不是犯人，為什麼臉色這麼難看？在場的人都看得出來，你是因為驚嚇過度才會這樣的。你還是乖乖束手就擒吧。現在還做困獸之鬥，這不像是你的作風。」

明智用一如往常的聲音靜靜的說著。不過，殿村仍然沒有放棄。

「胡說八道，這根本是一派胡言，你有證據嗎？你不是說握有證據

嗎？」

「你想要證據嗎？」

「當然，如果說我是犯人，那你就拿出證據來。」

「證據，證據就是這個。」

明智偵探大喊一聲，突然跳向空中，抓住殿村的身體。

殿村瞬間被明智擒住，他死命掙扎著，想要推開對方。兩人就這樣在地板上扭打成一團。

在場的人全都屏氣凝神，看著這場激烈的搏鬥。兩人全神貫注，打得難分難捨，沒有任何人能出手干預。

但是，不到一分鐘的時間，明智獲勝了。在打鬥的過程中，殿村的假面具掉落。

明智站起來，抓著低垂著頭的殿村的手臂，勉強把他的臉抬起來。結果發生什麼事呢？殿村的臉形與先前相比，完全判若兩人。

頭髮依然蓬亂，但是像毛毛蟲般粗大的眉毛，被細長的眉毛取代，原本參差不齊的黃板牙也不見了，紅色嘴唇之間，露出的是排列整齊的白皙牙齒。臉頰上的鬍鬆更消失得無影無蹤，露出光滑的下巴。

最顯眼的是，背上的瘤不見了，變成瀟灑的姿態。仔細一看，原來在打鬥的過程中，明智脫掉他的上衣和背心，撕掉他的襯衫，並且拿掉藏在襯衫裡面的「瘤」。

勉強站立的身影，和先前醜陋的男子似是而非，變成一個英俊瀟灑的男子，年紀大約三十歲左右。

「各位看看，這才是殿村偵探的真面目。這種喬裝改扮的確很難識破。大家的眼睛都是雪亮的，可是為什麼沒有發現呢？因為這傢伙是易容的天才，他是犯罪史上史無前例的易容高手。」

聽到明智的說明，眾人半信半疑。

這個原本如妖魔般醜陋的男子，現在變成美麗的青年，讓人彷彿置身夢中，無法立刻相信眼前的事實。

天花板上的臉

變裝被拆穿的殿村，好像覺得很好笑似的咯咯笑了起來。

「哇哈哈哈……我是蛭田博士？明智，你真奇怪，你是不是瘋了？蛭田博士這個犯人，怎麼可能這麼年輕呢？哈哈哈……真有趣！哈哈哈……各位，請看看我的臉，我不是一個很可愛的青年嗎，怎麼可能是蛭田博士呢？我看起來和蛭田博士那個老人是同一個人嗎？

有沒有人認識蛭田博士？真糟糕啊！沒關係，在這裡的四名少年，都是被蛭田博士綁架來的，所以一定看過那位怪博士吧！。那麼相川、大野、齋藤、上村，你們到這兒來，仔細看看我。叔叔和蛭田博士是同一個人嗎？你們覺得怎樣？」

四名少年聞言，不禁互相對看，竊竊私語著。最後派出相川泰二當四人的代表，他向前走一步，以明確清楚的語氣說道：

「不是，這個人不是蛭田博士。蛭田博士比他更老，臉形和聲音也不一樣。」

殿村聽他這麼說，愉快的說道：

「怎麼樣，我有四個可愛的證人在這裡呢！如果我就是犯人蛭田博士，我怎麼會把大家帶到這裡來？而且煞費苦心綁架的孩子和偷來的文件，又為什麼要交給警察呢？蛭田博士怎麼可能揭發自己的祕密？這是絕對不可能的事，哈哈哈……」

殿村似乎覺得很有趣似的，又咯咯笑了起來。

各位讀者，一定感到很擔心吧！難道明智偵探這回失算了嗎？殿村所說的話確實很有道理，犯人怎麼可能揭穿自己的祕密，這根本是難以想像的事。

不過，明智一點都不吃驚，還是若無其事的笑著。真的沒問題嗎？還是只是為了掩飾尷尬的情緒而勉強自己展露笑容呢？

這時，中村搜查組長插嘴說道：

「殿村先生，那麼，你為什麼要化妝成這副模樣呢？如果你是和犯

人無關的好人，根本不需要喬裝改扮。請你說明一下。」

問得好！就算殿村不是蛭田博士，但也是可疑的人物。

「哈哈哈……不愧是組長，會問我這個問題。不過，你只知其一，不知其二。我是私家偵探，在進行犯罪搜查時，當然必須配合各種的狀況，做不同的變裝。明智先生不也是喬裝改扮的名人嗎？偵探易容，並不是什麼罕見的事，尤其是為了方便調查，我才化妝的。現在你知道了吧。哈哈哈……」

殿村的確善於巧辯。他好像在鄙視眾人似的放聲大笑。明智偵探難道真的敵不過他的智慧嗎？

不，並非如此。各位讀者請看，我們的名偵探一直胸有成竹的瞪著殿村。

「我是喬裝改扮的名人嗎？哈哈哈……被你這位深識此道的天才誇讚，實在是我無上的光榮。遺憾的是，我根本敵不過你。你的易容術恐怕連中村組長都無法識破。哈哈哈……太厲害了！像你這種易容高手，當然還可以喬裝成另一號人物，那就是蛭田博士，藉此欺騙這些孩子，這沒什麼奇怪的。」

「咦，你胡說什麼？」殿村驚訝的反問。

「就是你一個人扮演三種角色。化身為蛭田博士，也化身為殿村偵探。」

「哈哈哈……你真會胡說八道。如果你堅持這麼說，好，我問你，犯人為什麼要自己揭露自己的祕密呢？這種做法太荒謬了吧！你少在這裡妖言惑眾，拿出證據來。哈哈哈……明智先生，你是不是痛苦得說不出話來了呢？拿出證據來吧！證據呢？你有什麼確實的證據？」

殿村更加得意，不斷的逼問明智。各位讀者請放心，我們的明智偵探絕對不會輸的。不僅如此，他還自信滿滿的笑著，靜靜的反問對方。

「你想看證據嗎？」

「當然。」

「好，我就讓你看看。各位，請抬頭看上面。不，不是那裡，是天

花板的角落。」

明智的話裡透著玄機，殿村不禁抬頭看著天花板的一角。這一看，連他也不自覺的「啊」的叫了出來。

各位請看，高高的格子天花板的一角，竟然有一個四方形的黑洞敞開著，那裡的一塊天花板已經被掀掉了。在那個黑洞裡，有一張奇怪的人臉，俯視著房內的一切，悠閒的笑著。

看到這個出奇不意的場面，不光是殿村，在場的人完全不知道發生什麼事，目瞪口呆的看著天花板。

名偵探的勝利

被發現之後，那張臉又縮進閣樓的黑暗中。正當眾人百思不解時，洞中伸出了兩隻骯髒的腳。

接著露出膝、大腿、腰、腹部，慢慢的往下滑，兩隻手掛在天花板上，就好像做機械體操似的，轉眼就跳到房間裡。

他的動作很俐落。從這麼高的天花板上跳下來，整個人在地板上彈跳了兩、三下之後，立刻站定，笑著環視眾人。

原來是個十四、五歲做乞丐打扮的少年。沒想到這樣的一個人竟然會出現在天花板上，眾人當然會嚇一跳。

「殿村先生，你應該見過這個孩子吧！從你到東洋製作公司開始，這個孩子就不斷的在你身邊出現。你應該常常看到他。」

殿村緊盯著乞丐少年看，似乎要將他看穿似的，同時，愈看臉色就愈蒼白。印象中的確看過這個孩子……。

當殿村沈默不語時，明智對在場的人說道：

「我為各位介紹一下。這個孩子雖然看起來很骯髒，但他絕對不是乞丐，而是我的少年助手小林芳雄。他故意扮成乞丐，從前天開始，就一直在跟蹤這名男子。小林對於殿村的一舉一動全都看在眼裡，而且每天向我報告。」

各位讀者應該還記得，這幾天晚上，乞丐少年都會從窗外跳進明智偵探的書房。原來這個奇怪的乞丐少年就是小林芳雄。

大家聞言，感到更驚訝了，不斷的發出讚嘆之聲。「啊！竟然還留了這一手，不愧是明智偵探。」

「現在，我們就從小林的口中來聽聽殿村的祕密吧！小林，你可以說了。」

在明智的指示之下，乞丐少年小林很愉快的說道：

「我奉明智老師的命令跟蹤殿村，發現殿村掩人耳目，偷偷進入這個住宅。

和老師商量之後，老師要我趁著殿村外出的時候，偷偷溜進這個住宅，躲在閣樓裡。為了辦妥這事，我真是費盡心思，不過，今天早上終於達到目的了。

我爬到天花板上，用刀子割出一個小小的縫，不讓下面的人發現，偷窺房間裡的動靜。

果然看得一清二楚。這個人不只化妝成殿村偵探，有時也會打扮成別人。黏上三角形的鬍子，戴上大眼鏡，就可以喬裝成五十歲左右的氣派紳士。

當他扮成這副模樣後，就到地下室，將相川等四名小孩帶到這個房間裡來。他把他們全都五花大綁，嘴巴裡還塞東西，藏在石膏像中。石膏像底部有個大洞，他將他們一一放到裡面，再恢復原狀。

在綁架相川時，這個人自稱是蛭田博士。後來我等到殿村傍晚外出時，我就偷溜回事務所，將我的所見所聞立刻向明智老師報告。」

行跡敗露的殿村，看來運氣真是背！假扮成殿村的蛭田博士，臉色慘白，氣得牙齒打顫，惡狠狠的瞪著小林。不過，他還是很倔強，像個瘋人般，咯咯的笑了起來。

「哇哈哈哈……小鬼，少在那裡胡言亂語，你不會是在做夢吧？你說我假扮成蛭田博士，根本一派胡言，我不承認。我可不記得我曾經假扮過蛭田博士。」

不過，小林毫不畏懼，從骯髒的衣服裡，掏出一頂假髮，遞到殿村的面前，以激動的語氣說道：

「那麼你把這個戴起來看看，這是你假扮成蛭田博士時用的假髮、鬍子和眼鏡。白天你喬裝成殿村時，將它們扔到衣物間去，當時被我偷偷拿走。你把這些戴起來看看，如此一來，相川應該一眼就可以看出你是不是蛭田博士。」

不愧是小林，連證據都已經事先準備好，讓對方啞口無言。

即使殿村再倔強，也沒有戴上假髮，黏上鬍子，讓四名少年指認他的勇氣，他已經走到窮途末路的地步了。

殿村眼中佈滿血絲，好像在求救似的環顧四周。然後，表情逐漸變得猙獰可怕，不斷的倒退。原本殿村站在書房正中央的大書桌前，現在則慢慢的退到書桌後面，並趁眾人沒有注意時，偷偷踩著大書桌下方地板上的小按鈕。

啊，糟了！那是當時相川泰二少年，被蛭田博士設計，掉落地下室

去的洞穴口按鈕。

不料，無論殿村再怎麼使勁的踩，房間就是沒有任何動靜。明智偵探和小林所站的地方，地板應該會開啟出現一個四方形的洞穴才對，可是地板卻文風不動。

「哈哈哈……」

明智偵探，突然好像覺得很可笑的放聲大笑。

「喂、喂，不要再做這些無聊的事情了，那個按鈕早就失效了。早就料到你會來這招，所以在我來這個房間之前，就已經早一步進入地下室，拿掉機械裝置。你再怎麼踩，洞也不會打開。」

啊！確實是無懈可擊的做法，不愧是明智偵探，讓惡人的奸計無法得逞。

「畜牲！」殿村兇狠的口出惡言，縱身一跳，跑進書架後面的衣物間。就在這時，房間內的電燈突然熄滅，室內一片漆黑。原來是殿村關掉衣物間內的開關。

在黑暗的房間裡，聽到巨大的聲響。有呻吟聲，有鞋子來回奔跑的聲音，還聽到高亢的叫聲。

「大家不要慌，鎮靜下來。那傢伙已經是甕中之鱉。房間的出口早就被刑警包圍了，即使是在黑暗中，他也無法趁亂逃走。」

那是明智偵探的聲音，原來明智在進入這個書房前，已經向中村警官的部屬表明自己的身份，請他們守住通往走廊的出口。就連衣物間通往地下室的門外也有人監視著。

終於房間裡再度亮了起來，原來是燭光。先前殿村帶大家到地下室時所使用的燭台還在桌上，中村組長發現後，立刻點亮蠟燭。

藉著微弱的燭光，明智摸索著進入衣物間。連掛在牆壁上的衣物後面都翻找過，就是沒有看到任何人。

「有沒有人開過這扇門？」看著通往地下室的門，啪的將他打開，詢問守門的兩名刑警。

「不，沒有任何人出入。書房一片漆黑，所以我們格外謹慎。」

明智借用其中一名刑警手上的手電筒，再度仔細搜查衣物間，依然沒有殿村的蹤影。這時，他檢查電燈開關，發現早就被殿村破壞，所以無法開燈。於是他走近另一側通往走廊的門，這裡當然也有人監視著，而且很多新聞記者手牽手擋在通道上。

「沒有人能夠從這裡出來。」記者們異口同聲回答。

明智為了謹慎起見，用手電筒檢查房間的窗子，但是，窗子一直緊閉著，絲毫沒有任何異狀。再加上相川主任工程師和四名少年都站在窗子旁，也不可能從那裡逃走。

那麼，殿村根本沒有可以逃走的機會。可是明智、中村組長、小林和新聞記者等都沒有發現可疑的人影，實在是太不可思議了。就算蛭田博士精通忍術，也不可能像煙一般的消失啊！

「大家暫時不要動，站在原地。現在那傢伙還在這個房間裡，就混在人群當中。」

眾人聞言，立刻站定不動。在朦朧的燭光中，相互對視著。因為對方擅長變裝，而且衣物間也早就塞滿喬裝的道具，到底他會扮成何種身份，誰都不知道。

由於無法化妝成小孩，所以，小林和相川等五名少年的嫌疑可以排除。另外，房間裡還有明智、中村組長、相川主任工程師，以及六、七名新聞記者。難道會有兩個中村組長嗎？在場的人都有嫌疑，即使是認識的人都必須多看兩眼。尤其光線微弱，在昏黃的燭光照耀下，每個人的臉看起來都像妖怪似的。

明智偵探用手電筒掃過每個佇立在原地的人，最後光線停留在一群新聞記者身上。明智當然不可能記得新聞記者們的每一張臉，因此，必須仔細調查。

「在場的記者應該有六位吧？」

「不，是七位。在走廊外面等待時，的確是七個人。」

「不對，只有六位。你們忘了，當時我也是你們其中一人噢！」

當時明智並未表明身份，而是喬裝成記者，混在其中。

「啊，對了，那應該是六個人。」

「你們相互確認一下，的確是你們六個人嗎？」

記者們開始數同伴的人數。

「奇怪，竟然有七個人！」

明智聞言，笑了起來。

「沒錯，所以我先前就覺得很奇怪。」

明智若無其事的說著，同時用手電筒的光陸續掃過七個人的臉，到了第七個人時，光線停在他的臉上不動。

「各位，這個人隸屬哪一家報社？你們見過嗎？」

在光線的照射下，彷彿電影的特寫鏡頭，鏡頭下是一名年輕記者。烏黑的頭髮梳理得非常整齊，戴著眼鏡，鼻子下方蓄著小鬍子。

「咦，你是哪家報社的人？沒看過你啊！」

兩、三人紛紛問道。

「哈哈哈……沒見過吧！這傢伙不是你們的同伴……你們看，他易容的速度有多快！」

明智的手伸向對方的頭，扯下他的假髮，拿掉他的眼鏡，撕掉他的假鬍子，赫然出現殿村的臉。即使再頑劣，似乎也已經放棄希望。一臉欲哭無淚，兩眼無神。

「知道無路可逃，只好混在人群中。還打算和各位記者一起若無其事的離開房間。哈哈哈……不愧是惡人，計畫得真好。中村先生，請你逮捕他吧。」

不等明智吩咐，中村組長已經將手搭在殿村的肩膀上了，並且叫來守門的刑警，將犯人雙手反綁。就這樣，怪物蛭田博士，又敗在明智偵探之手，成為階下囚。

魔法上衣

四名老練的刑警，抓住綁著自稱蛭田博士的怪青年的繩子，離開紅

磚住宅的玄關。犯人似乎完全失去了抵抗的元氣，就算想抵抗，可是雙手被反綁，而且在四名刑警的押解之下，根本無計可施。

明智偵探、中村組長、相川主任工程師，以及小林等四名少年，在書房中被眾多記者包圍，回答問題。

明智偵探彷彿有某種預感，很擔心被帶走的蛭田博士，但是，新聞記者們為了得到第一手消息，好像戰爭似的狂熱，由於難以抵擋他們執著的攻勢，明智只好乖乖留在原地回答他們的疑問。

中村組長十分信任自己的部屬，他認為交給這四個人處理，絕對萬無一失，迫使一向小心謹慎的明智，也暫時放心。

不料這小小的疏忽，竟然造成無可挽回的嚴重後果。即使是力量雄厚的刑警，幾個人在一起也無法防止這件事情發生。因為這不是力量的爭鬥，而是智慧之爭。因此，就算四名幹練刑警的智慧合而為一，依然無法識破壞人的狡詐奸計。

四名刑警抓著手被反綁的犯人出門之前，沒有發生任何意外。門外只有被許多大宅邸圍繞的幽靜街道，街燈林立。現在已經是深夜時分，路上沒有人煙，遠方更是萬籟俱寂。

黑暗中，警政署的警車停靠路邊。四名刑警準備押犯人上車，將他帶到看守所。

但是，就在出門兩、三步時，抓著犯人繩索的刑警，突然感覺手臂一陣拉扯。

「咦，想逃？畜牲，到現在還想逃嗎？」

察覺犯人意圖掙脫，手臂立刻使勁，站穩腳步。可是仍舊敵不過犯人的力量，刑警一屁股跌坐在地。

就在這時，犯人如風一般開始逃跑。

霎時，幾名刑警還理不清發生什麼事，繩子明明還握在倒下的刑警手中啊！因為綁法特殊，所以犯人不可能解開繩子逃走。不，應該說犯人的手臂還被反綁著。這到底是怎麼回事？原來是犯人的上衣保持著雙手被反綁的樣子，遺落在現場。

難道犯人砍斷自己的手臂藉機脫逃嗎？當然不會有如此愚蠢的事。但是刑警卻感覺到，犯人的雙臂彷彿從肩膀滑落似的，最好的證據就是犯人的手臂還綁在繩子中。

好像變魔術，又好像妖怪一樣，讓人覺得很不舒服。

不過，再怎麼錯愕也不能任由犯人逃逸，三名刑警留下摔倒在地上的同事，立刻追趕遠去的犯人。

被留下來的刑警仍然跌坐在地上，不悅的拉過繩索，抓過手臂，藉著門燈的亮光，仔細進行檢查。

的確是人類的手，連手指的形狀都唯妙唯肖。無論膚色或彈性，確實是先前綑綁住的手腕。

但是為什麼觸感這麼冰冷呢？即使是被砍斷的手腕，也不可能在短短兩、三秒內變得如此冰涼。

為了瞭解手臂的切口是否有流血，於是將手伸進衣服裡的肩膀處。

沒想到不但沒有血跡，反而碰觸到既圓又光滑的東西。

「咦，奇怪！」刑警好像發現什麼奇怪的物體，立刻起身，將仍舊反綁的兩隻手腕移到門燈下，細細的查看。

赫然發現，這是製作精巧的橡膠製手臂。手指的色澤栩栩如生，原來是假手。

那傢伙果然像個魔術師。身穿袖子裡藏有假手的上衣，故意讓假手臂被反綁，並找機會脫掉上衣，留下假手脫困。

現在總算明白，那傢伙破壞電燈的用意。他早就察覺房間的出入口有刑警監視著，所以，關燈不是想從房間逃走，而是要藉機穿上這件帶有假手的魔法上衣。於是，故意讓明智發現自己喬裝改扮，故意讓刑警綁住他的假手腕，故意破壞衣物間的電燈開關，不讓電燈亮起。

到了這個地步，刑警非常的懊惱，不知道接下來該怎麼做。

另一方面，其他三名刑警也因為被突如其來的怪事，引開了注意力時，稍猶豫了兩、三秒的時間，等到回過神來，奮力追趕犯人時，已經太遲了。只能眼睜睜的看著距離十五、六公尺的前方，犯人白色的背影

漸行漸遠。

如果這是一個喧鬧的城鎮，就可以引來大批愛湊熱鬧的民眾，擋住犯人逃跑的路線，但這是一個非常寂靜的住宅區，就算再怎麼聲嘶力竭喊叫，也不會有人出來看熱鬧。

三人拚命追趕，深恐拐個彎就失去犯人的蹤影，於是戰戰兢兢，一路尾隨在後。

拐了三個彎後，來到一條兩側有高水泥牆連綿達一百公尺，非常靜謐的街道。最後，他們還是追丟了犯人。

「咦，躲到哪兒去了？剛才明明是在這裡轉彎的啊！」

「奇怪，兩側都是高牆，根本沒有藏身的地方。」

「啊，那裡有個守望相助亭，有人在裡面。也許他有看到犯人，去問看看。」三人喘著氣，說著走近守望相助亭。

「喂，有人在嗎？我們是警察，你有沒有看到一名穿著襯衫的男子跑過去？」

大聲詢問。這時，有個好像剛從睡夢中醒來的老爺爺應答。

「什麼？你說什麼？」拉開小屋的玻璃門，老爺爺步履蹣跚的走出來。

定睛一看，這個老爺爺穿著老舊的服裝，戴著軟帽，繫著長繩的梆子掛在脖子上。這種老糊塗竟然可以勝任提醒大家小心火燭的工作，實在教人驚訝。

刑警們雖然訝異，還是再重複一次問題。

「咦，原來你們是警察呀！之前我從門縫裡瞥到一個人很快的跑過去，確實是穿著一件襯衫。往那個方向跑去了，應該已經跑了兩、三百公尺遠。」

刑警聞言，他們很後悔把時間浪費在這位老人身上，於是沒有向他道謝，立刻轉身離去。

負責守夜的老爺爺茫然佇立在原地，目送三人離去。等到刑警們的身影消失在黑暗中後，不知為什麼，他竟笑了起來。隨後，抓著原本掛

在脖子上的梆子，開始敲打。他好像打算巡邏整個城鎮似的，搖搖晃晃的朝與刑警相反的方向遠去。

惡魔的真面目

刑警們垂頭喪氣的，回到明智偵探和中村組長待著的怪博士家的書房。藉著明智的力量，費心逮捕到的怪盜，竟然又讓他脫逃。由於心懷歉意，所以自始至終都很懊惱。明智偵探也感到很遺憾，沒想到犯人竟然會用出其不意的手段逃走，刑警們當然無法及時發現。現在，當務之急應該是要找出怪博士究竟逃往何方？藏匿在何處？

明智偵探於是追問刑警們當時的狀況。

「逃走的犯人和在後追趕的你們，最初只有距離十五、六公尺，拐了幾個彎之後，他就突然消失不見了，這不是很奇怪嗎？一定是躲到哪棟住宅裡了。」

「不，附近的住家鱗次櫛比，庭院也都相連在一起，根本沒有人逃到裡面去。」

一名刑警以堅定的語氣答道。

「那麼，你們在緝捕犯人的過程中，有沒有遇到行人。」

「是的！每條街道都沒有人煙。」

「奇怪，真的沒有遇到任何人嗎？」

為什麼明智這麼執著這一點呢？

「對，沒有遇到任何人……啊，對了，有遇到一個人，就是守夜的老爹。我們問他犯人逃走的方向，但是沒什麼線索。」

「守夜的老爹？他是不是從犯人逃走的方向走過來的？」

「不，他待在守夜的小屋裡，我們把他叫出來詢問的。」

「那麼，你們沒有進去守夜小屋嗎？」

「當然沒有，因為分秒必爭嘛！」

「也就是說，你們沒有搜查小屋內囉？」

「是的，沒有。為什麼這麼問，犯人不可能躲在小屋裡啊！難道守夜的老爹沒有發現犯人躲進小屋裡嗎？」

刑警對於明智奇怪的質問，似乎有點不悅似的回答。

「不，我不這麼想。我認為當時守夜的老爹可能躺在小屋裡。」

「咦，你說什麼？老爹明明已經走到屋外來了啊！你說躺著是什麼意思……」

說到這裡，刑警突然臉色大變，好像已經發現名偵探質問的意義。

「你的意思是，那個老爹就是犯人……」

「沒錯，當然這只是我的推測。我相信那傢伙足以喬裝成任何角色的，總之，還是先趕到守夜小屋去吧！」

於是由四名刑警帶路，明智偵探和中村組長跟著來到守夜小屋。在小屋外出聲叫喚，但是沒有任何人應答，先前遇到的老爺爺這時已經不見蹤影。明智偵探不由分說拉開玻璃門，一腳踏進門內。在狹窄的小屋中，忙著進行搜索。來到屋後角落裡，看到兩、三個豎立著裝木炭的袋子。走近一看，某個袋子突然彈了起來。

結果在袋子後面，發現有個老爺爺衣服被趴光，只剩下一件襯衫，手腳被反綁，嘴巴塞著東西，動彈不得的躺在地上。果然和名偵探推測的一模一樣。回答刑警問題的老爺爺是犯人，躺在這裡的才是真正的守夜者。解開繩子，拿掉塞在嘴巴的東西，細細的盤問。老人撫揉著身體疼痛的地方，開始訴說事情的始末。

老人正坐在椅子上打盹兒時，突然玻璃門被打開，一名穿著襯衫的男子突然衝進來，不由分說的將布塞在他的嘴裡，脫掉他身上穿的破爛衣服，綁住他的手腳，把他推倒在小屋後面的角落，用裝木炭的袋子遮掩著。

這個穿襯衫的男子，當然就是殿村假扮的蛭田博士。犯人穿上老人的服裝，臉上抹點煤灰，戴上軟帽，喬裝改扮完成後，就走出去應付刑警的盤查。犯人的易容之術的確高明，尤其又是在深夜，所以刑警們才會誤以為他是個糊塗老爺爺，沒有發現他的真面目。

犯人穿的襯衫和褲子，縐巴巴的被扔在綁著老人的房間裡。

「真是遺憾，如果我和各位一起押解犯人，就不會出現今天這種紕漏了。都怪我要應付新聞記者。」

明智偵探沒有責怪刑警，反而認為是自己疏忽，滿懷歉意的說著。

「不，是我的錯。現在立刻封鎖全市，禁止一般人進入，派警員們負責看守。就算把整個東京市的地都掀開，也要找到那傢伙。」

中村組長表示責任要由部屬負責，很抱歉的說著。

「即使這樣做也沒用，中村先生，你想犯人是何許人？」

「何許人？他不是蛭田博士喬裝的殿村偵探嗎？」

組長吃驚的看著明智。

「我認為應該還有一個可怕的傢伙躲在背後。如果是殿村或蛭田博士，逃走就算了，反正被綁架的孩子和機密文件都已經取回來了。其實殿村和蛭田博士都只是他的假面貌。他可是個不簡單的壞蛋。」

「你的意思是，那傢伙還犯了什麼其它的大罪嗎？」

「中村先生，在這次的事件中，你應該有察覺到很多的疑點吧。如果殿村是犯人，為什麼他要揭露自己的罪行呢？蛭田博士化妝成殿村，費心綁架小孩，而且偷到機密文件，為什麼又要讓我們發現？這該作何解釋？答案只有一個，他的目的是要報復。」

「報復？他到底有什麼仇恨？要向誰報復？」

對於明智出人意料之外的答案，中村組長驚訝的反問。

「向我們報復，向我和少年偵探團。」

「咦，少年偵探團？」

「你應該知道少年偵探團吧。你想想，被蛭田博士綁架的四個人都是少年偵探團的得力團員。」

「啊！這點我明白，但是……」

「他已經達到綁架他們的目的了，目的達到之後，他又想把少年們還給我們。他的目的就是，想讓這些孩子們受苦折磨。那傢伙喬裝成蛭田博士這個怪人，綁架小孩，故意嚇唬、欺負他們。這樣才能達到復仇

的目的。」

「那麼，機密文件又要怎麼解釋？」

「那只不過是教訓少年偵探團的手段罷了。意思就是，不只要讓團員，甚至還要讓他的家人擔心受怕。正好相川泰二家，擔任主任工程師的父親，小心保管的重要文件，一旦失竊，會使相川一家落入不幸的深淵。如果其他少年家中也有這麼重要的物品，也一定會被偷走。幸好其他人家裡沒有。」

「難道犯人不打算將這份機密文件賣給間諜嗎？」

「說得對。如果犯人真的是以賺取金錢為目的，就沒有必要把收藏機密文件的場所洩露出來。媒體稱他是可怕的間諜、賣國賊，其實都是莫須有的罪名。」

「你說犯人只是為了要教訓少年偵探團團員。如果真是這樣，為什麼犯人會甘冒危險，化妝成偵探，揭露孩子們被藏起來的場所呢？棄之不理不是更能讓孩子們痛苦嗎？」

「那是因為發生了一些事情，使他無法這麼做。」

「你的意思是？」

「因為他知道，我接手負責偵查這個事件，他非常清楚我的實力。他預測，如果由我調查這個事件，不久之後，就會發現蛭田博士的藏身處，並且救回孩子們。那傢伙不只打算讓相川等四人，更要讓所有少年偵探團團員都遭遇相同的下場。但是，因為我和這個事件有關，早晚會查到蛭田博士的身邊，於是他放棄綁架其他的少年，取而代之的是，他要向我報復。

當然，他不可能綁架我，其實不這麼做，他仍具有可以打擊我的手段。因為我視偵探事業為我的生命，因為別人稱我為名偵探。因此，他想如果以另一個私家偵探的身份來和我競爭，讓我失敗，這不是一個相當痛快的復仇方法嗎？藉此可以讓我的偵探名聲毀於一旦，改由其他人得到名偵探的聲譽。對我而言，沒有比這更痛苦的事情了。

他察覺到這一點之後，於是喬裝成偵探，和我競爭，藉機進行復仇

計畫。自己藏東西，再自己找出來，是個很巧妙的作法，他的確有打敗我的實力。

因為已經恐嚇過少年，達到原先的目的，所以接下來他利用找出藏匿少年的場所，藉機引我出糗，確實是很好的做法。

如果我沒有萬全的準備，可能就會落入他設下的圈套。但是，我有小林這個得力的助手，於是讓小林扮成乞丐，跟蹤殿村，最後才能一舉得知犯人邪惡的計畫。」

中村組長和刑警們聽完這番解說，嘖嘖稱奇。對於明智偵探的明察秋毫深感佩服。但還是有不明白的疑點。

中村組長雙手交疊，打斷明智的話問道。

「那麼，這個震驚世人，甘冒自身危險，進行復仇計畫的人，到底是誰？感覺好像不是普通人會有的行徑。」

「其實大家應該都還記得這個智慧犯。他善於易容之術，即使綁架小孩，也絕對不會傷害他們，擁有如魔術師般的巧妙手法，難道你們還想不起來這個人嗎？少年偵探團究竟是為何成軍的？少年偵探團到底曾讓誰痛不欲生，激起他報復的慾望呢？你們好好思考一下。」

聽了這些話，中村組長驚訝萬分，看著明智。

「啊，你、你是說……」

「沒錯，我說的就是怪盜二十面相。」

明智偵探終於說出這個令人聞風喪膽的名字。

原來是怪盜二十面相。擁有二十種不同的面貌，是個易容高手。只偷竊有來頭的美術品，不在意金錢，討厭見血，不使用手槍或短刀等，是一個紳士盜賊。看過小說『怪盜二十面相』和『少年偵探團』的讀者們，應該很清楚怪盜二十面相是多麼神通廣大的盜賊。

殿村、怪人蛭田博士，原來都是怪盜二十面相喬裝的。

怪盜二十面相在『少年偵探團』故事的最後，不是在地下室點燃火藥桶，自己引爆火藥，炸得粉身碎骨了嗎？為什麼現在卻能化妝成蛭田博士和殿村呢？

中村組長難以相信這等怪異之事，於是反問明智。

「你的意思是怪盜二十面相還活著？」

「沒錯，他還活著。現在回想起來才知道，當時我們真的上了他的當。

那次爆炸的時候，我們不是逃到遠處嗎？任何人都沒有親眼目睹怪盜身亡。

那傢伙如果企圖逃跑，當然做得到。只要站在遠處，利用導火線引爆火藥，偽裝成自殺的樣子就可以了。

最好的證據就是事後搜查爆炸現場時，完全沒有發現疑似他的屍體的殘骸。當時因為大爆炸，所有東西都炸得粉碎，但其實他早就瞞過我們的耳目，偷偷潛逃了。」

「你說好像看過先前那個青年，那是不是就是怪盜二十面相的真面目呢？」

組長屏氣凝神的追問明智偵探。

「不，我不是說我看過他。因為他擁有二十種不同的面貌，青年的臉也許不是他的真實模樣。我想應該沒有任何人見過他真正的面貌。」

「既然如此，你要怎麼證明他就是怪盜二十面相？」

「很遺憾，目前還沒有掌握到確切的證據，不過，所有發生的事都證明我的想法是對的。如果不是怪盜二十面相，還有誰擁有這麼高超的技巧。我確定是他。根據我長年偵探生活的經驗，我肯定就是他。」

我們的名偵探明智的推測應該沒有錯。那麼，那個世所罕見的易容天才怪盜二十面相還活著嗎？到底是怎麼回事？這個怪物竟然現在還大搖大擺的走在東京的街道上！

「如果是怪盜二十面相，那就真的不能放走他。我立刻趕回警政署報告這件事，盡快安排追緝的事宜。」

組長因為疏忽而讓這個大獵物趁機脫逃，懊悔不已，氣得直跺腳。

「現在著急也無濟於事，對方是怪盜二十面相，一旦讓他脫逃，很難再找到他。那傢伙現在一定躲在某個地方，喬裝成另一個人來戲弄我

們。

不過，請組長放心，他不可能一直躲著不露面，他一定會再度向我們挑戰，因為那正是他生存的意義。我們就以逸待勞，等他主動向我們出招，這次絕對不能再放過他。我以名偵探明智的名譽保證，再見面時一定會抓到他。」

明智興致高昂的期待對方的挑戰，斬釘截鐵的說著。

就在此時，彷彿是印證明智剛才所說的話似的，發生了一件始料未及的事。

「這裡有沒有一個叫明智先生的人呢？」

守夜小屋外，有人大聲叫喊著。

明智先生聽到之後，面露緊張的神情，趕緊拉開玻璃門，望向黑暗深處。看到一名好像汽車司機的年輕男子，手持一封信站在門外。

「我就是明智。」

「噢，是你嗎？有人要我把這封信交給你。」

接過司機遞來的信，就著小屋內的燈光細看，原來是隨意撕下的兩張筆記本紙，上面用鉛筆寫著可怕的內容。

明智先生，好久不見。

我還活著，你一定感到很意外吧！這就是魔術師的手法。今晚因為你，我又被修理了一次。表面上輸的好像是我，可惜你費心抓到的獵物卻逃走了。明智先生，先前的所做所為，只不過是我復仇的序幕，真正可怕的事情才正要開始。你、小林和偵探團的那些人，洗好腦袋，等著我吧！我會讓你們見識見識我卓越的智慧。

依然活著的怪盜二十面相

名偵探的推理果然沒錯！一向喜歡制敵機先的怪盜二十面相，內心的祕密還是被明智看穿了。

跑腿的司機，當場被帶回警政署仔細盤問。他說偶然在路上遇到對

方，給他一圓（相當於今日的兩千日幣）的謝禮，請他幫忙送信。

名偵探和怪盜的鬥智即將登場，暴露真實身份的怪盜二十面相，接下來有什麼陰謀呢？會不會對少年偵探團的團員下手呢？

在事件發生的幾天之後，某天傍晚，少年偵探團的成員之一——小泉信雄，這位就讀小學六年級的少年，在放學回家途中，一個人經過涉谷某個小公園。

小泉是學校棒球隊的選手，為了練習，才會晚歸。

正好是晚餐時間，天色微暗，四下無人，小公園裡顯得十分寂靜。平時小孩玩鬧的溜滑梯和沙場，現在安靜無聲。

公園是回家的捷徑，所以小泉每天都會通過公園。這還是第一次遇到公園如此靜謐。不禁心想，這麼多的孩子都躲到哪兒去了？

穿過公園時，看到盪鞦韆前，有一名留著娃娃頭，年約五歲的小女孩，雙手遮著眼睛，正嗚咽的哭泣著。

在沒有人煙的微暗公園裡，女孩一個人獨自在那兒哭泣，讓人心生不捨。

小泉快步走近她的身邊，微笑地用手拍拍她的肩膀，看著她那可愛的臉龐，問道：

「怎麼了？為什麼一個人在這裡哭呢？」

女孩拿開摀住眼睛的雙手，露出一雙圓圓的大眼睛看著小泉，一邊嗚咽，一邊回答：「我找不到家。」

「啊，妳迷路啦？妳一個來的嗎？誰帶妳來的？」

「叔叔不見了。」

「叔叔帶妳來的，那叔叔到哪兒去了？真糟糕！妳家在哪裡？很遠嗎？」

「嗯，好遠，我不知道。」

女孩泣不成聲，又開始啜泣。

孩子還太小，再怎麼追問也問不出個所以然，小泉感到很困擾。這時靈機一動，也許女孩身上掛著迷路牌呢？於是目光開始搜巡女孩的身

體，果然圍裙側面垂掛著一個小的銀色牌子，上面寫著「世田谷區池尻町二二〇　野澤愛子」。

「既然住在池尻町，那簡單，只要坐電車，十分鐘就到了。好，我送妳回去，妳的家人一定很擔心。」小泉喃喃自語的說著。牽起女孩的手，快步走出公園，到附近的車站去。

這就是少年偵探團的精神。不光是與罪犯挑戰，更要利用敏銳的偵探眼，對社會貢獻一己之力。這也是團員們的信條之一。

在池尻町車站下車，找尋二百二十號的地點，很快找到了愛子家。

這是一個籬笆圍繞，庭院非常寬廣的宅邸，座落在安靜的城鎮中。走近籬笆環伺，高牆隔絕的洋房門外，上面掛著書寫野澤二字的門牌。

愛子大叫著：「這裡、這裡，這裡就是我家。」鬆開小泉的手，高興的跑進門內。

進門一看，雖然不是非常氣派的建築物，但是，也算一棟大型木造的洋房，庭院寬闊。

愛子非常高興的呼喊聲，裡面的人似乎很快就察覺到，玄關立刻被打開，走出一名年約五十歲，下巴蓄著鬍子的氣派紳士。

看到這位紳士，愛子高興的直嚷著：「叔叔！」鑽進紳士的懷中。看來的確是他將愛子帶到公園去，而女孩不慎走失。

「愛子，妳終於回來了。叔叔好擔心妳噢！」

紳士說著，輕撫女孩的頭。發現站在一旁的小泉後，笑著招呼他。

「是你帶她回來的嗎？謝謝你、謝謝你。我好著急，正想打電話報警搜索呢！

快請進，我還有很多問題想請教你，也想向你好好道個謝，別站著說話了，快請進。」

原本小泉打算將女孩平安無事送到家後就趕快回家，可是紳士已經來到玄關外，熱忱相邀，自己又難以拒絕人家的好意，只好隨他進去。

小泉進門一看，偌大的房子似乎只有老紳士和愛子兩個人住。更奇怪的是，紳士的妻子或幫傭的人都沒有出來，就好像主人不在家的空屋

一樣，讓人不寒而慄。不，奇怪的還不只這樣，老紳士的風采透著三分古怪。半白的長髮披在身後，蓄著如軍人般的鬍子，戴著一副黑框大眼鏡，身著黑色寬鬆的西裝。

各位讀者，這個紳士的衣著是否已經讓你們聯想到某個人呢？正是那個可怕的妖怪博士蛭田，不，應該說是怪盜二十面相的化身。

小泉只聽過蛭田博士的名號，素未謀面，所以做夢也沒有想到對方竟然是怪盜二十面相喬裝的，只覺得這個叔叔頗為怪異。

啊，危險！小泉似乎已經落入敵人的圈套中而不自知。怪盜二十面相引誘小泉到家中，到底有什麼企圖？

故意讓小女孩走失，藉機引小泉到他家，一定心懷不軌。

「真的謝謝你，我不知道該怎麼報答你的恩情？如果不是你及時救她，愛子恐怕會遇到可怕的事情，也許會被綁架。請到裡面來，我們在房間裡好好聊聊。我很喜歡像你這麼活潑的孩子。我是個發明家，剛完成一個很棒的機械，想讓你看看。

這個機械就在我的房間裡。隨我來，不必介意，因為你是幫助愛子的恩人嘛！」

蛭田博士故作親切，笑著說道。帶著小泉經過黑暗的走廊，朝裡面走去。

在走廊上拐幾個彎後，來到一個比其他門小一號的奇怪木門。蛭田博士將門打開，讓小泉先進去。

「就是這裡。這裡是我的研究室，有很棒的機械，進去吧！」

於是，小泉先一步踏進這個房間。

他仔細一看，房間相當詭異。那是二公尺正方形的狹窄空間，沒有椅子和桌子，更奇怪的是，四面的牆壁、天花板和地板全都鑲上鐵板。在鐵板壁的角落裡，有一個小小的陷凹處，彷彿汽車的車燈似的，裡面有個小電燈泡。

「你說的機械在哪裡?這個房間根本空無一物。」

小泉困惑的環視四周，還在門外的蛭田博士將門半掩，探出頭來，

以和先前截然不同的口吻說道：

「你當然看不到，因為你現在進入的房間就是一個很棒的機械，是我的大發明噢！哈哈哈……」聞言，小泉楞了一下，回頭一看，博士露出猙獰的面貌。

「叔叔，你為什麼站在門外？為什麼不進來呢？」小泉的不安逐漸擴大，詢問道。

「為什麼不進去？嘿嘿嘿……我還要命哪！這雖然是自己發明的機械，但我可是很怕走到裡面。嘿嘿嘿……你真是個勇敢的孩子。乖乖的在那兒等著看我發明的機械吧。待會兒將會發生有趣的事情，拭目以待看好戲吧！嘿嘿嘿……」

「咦，你是什麼意思？你打算把我關在這裡嗎？你是誰？你到底是誰？」小泉拚命朝出口處跑，想要推開怪博士，可是門瞬間就被關上，而且聽到上鎖的聲音。

可怕的房間

小泉根本還搞不清到底發生什麼事？只不過親切的帶迷途的小女孩回家，下一刻卻被關在這個詭異的房間裡。這裡的主人難道瘋了嗎？

但是，主人是一位氣派的紳士，蓄著三角形的鬍子，戴著大黑框眼鏡，頗有偉大學者的風采。這個氣派的紳士，為什麼要讓小女孩的恩人小泉有這麼可怕的遭遇呢？

不久，牆壁對面傳來嘰嘰嘰……馬達轉動似的聲響。

小泉覺得自己好像正躺在外科醫院的手術台上，有種難以言喻的恐懼感。口乾舌燥，無法言語，臉色為之丕變。

就在這時，除了馬達聲，還夾雜著齒輪咬合的聲音，鐵板屋開始出現小幅度的震動。

小泉心跳加速。哎呀！我是怎麼回事？怎麼會遇到如此可怕的事情呢？莫名的恐懼感讓他無法坐以待斃，明知無路可逃，還是要想辦法逃

走。就好像被追獵的野獸般，他開始查看四周。

抬頭往上看時，赫然發現黑色鐵製的天花板，彷彿蟲在蠕動似的，開始一點一點的慢慢朝下方落下。

小泉簡直無法想像這種宛如惡夢般的遭遇，懷疑自己的眼睛是不是看錯了。再定神一看，天花板的確正緩緩的下降，似乎以一秒下降一毫米的速度，沒有停滯的在小泉頭上逐漸落下。

「叔叔，開門，快點開門！」

小泉死命的敲打著鐵板門。

「哈哈哈……現在你知道了吧，那個天花板可不是普通的天花板。厚達一公尺，很沈重噢！這個天花板將會落到你的頭上，到時候會發生什麼事，小泉，你應該知道吧。」

從齒輪轉動的嘎嘎響聲之間，可以聽到令人不愉快的嘶啞聲音。

小泉嚇得直抬頭，盯著厚重的鐵製天花板。天花板從原先的高度又降低了五、六公分，還在持續的往下降。

「叔叔，我已經知道了，我已經知道你的發明是什麼了。快點把機械弄停，放我出去。」

小泉扯開喉嚨叫著，這時，門外傳來嘶啞的聲音。

「哈哈哈……你還打算走出來嗎？哈哈哈……我絕對不會打開這扇門的。」

「咦，為什麼？為什麼要讓我遇到這麼悲慘的事？你到底是誰？」

「嘿嘿嘿……我是誰？你猜猜看。你不是少年偵探團的團員嗎？運用偵探的智慧想一想我是誰，為什麼要把你關在機械屋中。」

「你怎麼知道我是少年偵探團的團員？」

「我當然知道，我不但知道，還利用那個小女孩把你騙到這裡來。你真可憐，少年偵探，就讓你嘗嘗我的厲害。哈哈哈……」

「啊，你是怪盜二十面相……」

「哈哈哈……你終於猜出來了。笨偵探！我是怪盜二十面相，是蛭田博士，同時也是殿村偵探，另外還有很多不同的名字呢！為什麼要把

你關在這兒，你應該明白了吧。我要報復！就因為你們這些少年偵探，才會讓我頻頻出糗。這是我送給你的禮物，你好好的享受吧。哈哈哈……」語畢，嘶啞的笑聲漸去漸遠。怪盜二十面相任機械繼續運轉，離開現場。

小泉奮力掙扎，用盡全身力氣去撞門，但是鐵板門依然文風不動。就在這時，突然察覺有硬物壓住自己的頭似的，抬頭一看，天花板已經降至無法挺直身體站立的高度。

明知沒有用，小泉還是用雙手使勁撐著緩慢下降的鐵製天花板。然而人力終究無法和機械抗衡，支撐的雙手不斷垂下。

不一會兒，小泉就必須蹲下來，可是即使蹲低身體，沈重的天花板還是不停的落下。

仔細想想，天花板從原先的高度降低到現在的程度，費時不到十分鐘。再繼續下降，不到五分鐘，小泉就會被壓扁了。到了這個地步，似乎再無求生的機會。

「媽媽，救我！」

畢竟小泉還只是個孩子，這時，也只能放聲呼救。

彷彿在回應他的叫聲似的，又傳來先前嘶啞的聲音。

「嘿嘿嘿……小泉，怎麼啦？你現在一定受夠了吧。不用擔心，我不會要你的命。不過，你最好不要再次落到我手中，我還會再修理你一次。怎麼樣，受到教訓了吧！」

就好像從惡夢中醒來一樣，嚇得冷汗直流的小泉，循聲望去，鐵板牆上竟開了一個二十公分正方形的小洞。化身為蛭田博士的怪盜二十面相，臉出現在洞口中。自己竟然一直都沒發現牆上有個洞。

「哈哈哈……害怕了吧，看你一臉嚇得慘白。放心吧！機械已經停了。我的報復已經結束，我會放你出來，但是，在此之前，我要你寫些東西。這裡有紙和筆，你照我的吩咐去寫。如果你不願意，機械會再度啟動。害怕的話，就趕快寫。只是一些簡單的句子。」怪盜二十面相細聲說著。並從窺視窗遞出一張紙和一枝筆。

怪老人

三十分鐘之後，在小泉家附近神社的森林中，四十歲左右矮胖的紳士，穿著和服，沒有戴帽子，拄著手杖，慢慢行走著。

這名紳士就是小泉信雄的父親小泉信太郎。信太郎是數家公司的董事，為富裕的實業家。每天從公司回來，晚餐用畢，就會在附近神社的森林中散步。

今天用餐的時間比較晚，所以延後了散步的時間。這時，神社境內已經一片漆黑，但早已養成習慣，不散步就會渾身不對勁。信太郎就在黑暗的森林中閒逛。為什麼這麼晚才吃晚餐呢？因為獨子信雄一直沒有從學校回來，猜想大概是練習棒球練得太晚，所以沒有很在意。等了一會兒，大家就先吃晚飯了。

小泉家位於涉谷區的櫻丘町，距離世田谷區池尻町怪盜二十面相的

藏身處，電車的車程不到十分鐘，近在咫尺。然而父親信太郎卻不知道可愛的信雄遇到如此可怕的事，還在悠閒的散步著。

「請問，你是不是小泉先生？」

黑暗中突然聽到有人叫他的名字，信太郎嚇了跳，回頭一看，一個身穿乞丐衣服，白髮白鬍鬚的老人，笑著站在大樹後面。

「我是小泉，你是誰？」

信太郎說著，凝神細看對方。可是再怎麼思索，他也不記得自己看過這個骯髒的老人。別說骯髒，長又雜亂的白髮白鬍鬚，彷彿有種仙人般的不真實感，教人心裡無端升起莫名的異樣感。

「嘿嘿嘿……你當然不認得我。事實上，這是我們第一次見面。我有話想告訴你，嘿嘿嘿……」

眼前這個讓人覺得不舒服的傢伙，在黑暗的森林中，出現在大樹後方，以如鳥般的叫聲笑著，還說有話告訴自己，實在可疑。而且說話的方式有點古怪。

「到底有什麼事?如果有事，可以到我家談。」

信太郎防備心大起，警戒的回答。

「嘿嘿嘿……其實也沒什麼，只是關於令郎的一點事罷了……」

「咦，信雄?信雄怎麼啦?」

聽到老人怪聲怪調，小泉不禁錯愕的反問。

「嘿嘿嘿……你聽到我的話囉!信雄有沒有從學校回家呢?他現在在家嗎?」

「不，我踏出家門時，他還沒有回來，我一直很擔心，你知道他的下落嗎?」

「當然知道，我先前才和那個孩子在聊天呢!」

「聊天?那麼信雄現在人在何處?」

「嘿嘿嘿……這個我就不能告訴你了。我知道他在哪裡，他隨時都可以回家，就看你的決定了。」

「看我的決定?這是什麼意思?你把信雄藏在哪裡?」

小泉用嚴厲的語氣問道。

「嘿嘿嘿……你這麼生氣，我們怎麼談下去呢？你先看看這個，看完之後就明白了。」

怪老人說著，從口袋裡拿出寫著東西的兩張紙，遞給小泉。

「那裡有夜燈，你走到下面去，仔細看清楚。」

小泉不喜歡這個惹人厭的傢伙，原本站立不動，但是，基於愛子心切，急於看清信中的內容，所以還是接過信紙。

走到夜燈下，先看第一張紙，確實是愛子信雄的筆跡。接著是信上可怕的內容。

爸爸

我因為這個壞蛋而遇到可怕的事情，我好痛苦、好痛苦啊！真想一死了之。快來救我吧！如果你按照這個老人的吩咐去做，我就可以獲救。拜託你，趕快救我離開這個痛苦的深淵。

小泉信雄

小泉看完，嚇得臉色蒼白。耳中似乎微微傳來信雄呼救的吶喊聲。

趕緊接下去看另一張信紙。

> 今晚十二點整，你帶著傳家之寶雪舟山水圖掛軸到元駒澤練兵場東側的森林來。有一輛小汽車會事先在那裡等候，把掛軸交給車上的人，信雄就會平安無事的返回。
>
> 你必須單獨一人前往，不能讓任何人知道。如果有警察出現，信雄就永遠回不去了。
>
> 小泉信太郎
>
> 怪盜二十面相

這下就可以明白，為什麼怪盜二十面相會找信雄下手，不只是因為他是少年偵探團的團員，同時，還想利用信雄達到其病態收集美術品的

目的。

雪舟山水圖是小泉家世代相傳的傳家之寶，而且還被指定為國寶，是大有來頭的名畫。出售價格高達二十萬圓（相當現在的四億日幣），不愧是國寶。二十面相宣稱，如果不交出名畫，絕對不放過信雄。

「嘿嘿嘿……現在你知道了吧！趕快給我答案。」怪老人看著讀完信的小泉的表情，惡毒的等待他的回答。

小泉不知該如何是好，現在一時也想不出任何應對之策。當然一定要救回信雄，但是被指定為國寶的寶物，怎麼能夠輕易的交給對方？

「如果我不答應，你想怎麼樣？」

小泉好像在責罵老人似的問道。

「嘿嘿嘿……信上不是寫得很明白嗎？到時候你家少爺可就永遠回不了家囉！」

聽這個語氣，老人絕對不只是受託送信的，他應該是怪盜二十面相的手下之一。

對方只有一人，而且是手無縛雞之力的老人。如果在這裡擒住他，將他帶到警察局，也許他會坦白說出怪盜二十面相的行蹤。如此一來，就能救出信雄，又不必交出寶物。

「好，就這麼辦。只是一個老頭子，難道我還對付不了嗎？」

小泉下定決心，舉起手杖，逼近老人。

「喂，你的眼神不太對，你有什麼企圖？想對我怎麼樣？」

老人嚇了一跳，看著小泉。

「你一定知道二十面相的藏身處，也知道信雄被關在什麼地方。跟我一起到警察局去。」

小泉大叫，撲過來想抓住老人。

不料，對方身手矯捷如飛鳥，快速的閃過。剛才原本彎腰駝背，不堪一擊的老頭子，突然變成如年輕人般，精力十足，兩手插腰站立著。

接著，從褲子口袋好像掏出什麼東西似的，握在右手中，指向小泉的鼻尖。赫然是一枝手槍。

「喂、喂，你不要想做傻事。這樣不只信雄有事，連你都別想安然離開。哈哈哈……我如果真的想抓你，可是易如反掌。」

對方連聲音都變得和青年人一樣，原來他是個年輕力壯的男子。可能是為了鬆懈敵人的警戒心，所以故意假扮成老人吧。

小泉驚訝萬分，呆立在原地，動彈不得。被手槍抵住，他就像是俎上肉。

「哈哈哈……你別妄想和怪盜二十面相為敵。懂了吧！如果你不確實遵守紙條上的命令去做，我向你保證，信雄將永遠消失在這個世上。你自己仔細想想，再做決定，是要捨棄信雄？還是要交出傳家寶？你不要忘了，怪盜二十面相是個魔術師，也許他現在正喬裝成某個人，躲在暗處監視著你，你最好不要做出什麼不明智的舉動。哈哈哈……就等你到今晚十二點，一定等你喔！」

老人手持手槍，緩緩後退，不一會兒就消失在樹幹後面的陰影中。

雖然已經不見人影，但遠處仍傳來他那陰沈且縈繞不去的笑聲。

好一陣子，小泉先生彷彿喪失了思考能力，呆呆的楞在原地。突然回過神來，喃喃自語的說道。

「是嗎？我先前是在和二十面相對話？沒錯，這個老人一定是怪盜二十面相喬裝改扮的。」

名偵探的奇計

過了二、三十分鐘之後，小泉信太郎坐在自己家中書房的大桌前，拿起話筒。

「喂，請問是明智偵探事務所嗎？我是涉谷的小泉，明智先生在家嗎？」

小泉和明智偵探同樣都是社交俱樂部的會員，雖然沒什麼深厚的交情，但曾有幾面之緣。

基於此，就算信雄加入少年偵探團，他也沒有特別擔心，因為他很

信賴明智偵探，所以默許孩子的選擇。可是他做夢也沒想到，竟然會發生這麼可怕的事情。

這件事絕對不能讓警方知道，否則狡猾的怪盜二十面相一定很快就會發現，屆時可能會造成無可挽救的後果。

於是，小泉決定和明智偵探商量對策。自己認識明智偵探，再加上他和少年偵探團又有密切的關係，一定會認真處理這件事。終於明智接電話了。

「啊，是明智先生嗎？我是小泉。很抱歉，冒昧打電話給你。現在有急事，想要借助你的力量。但是，詳細情形不方便在電話裡談，我想見你一面，到時候再詳談。這件事非常重要，只能靠你了……。咦！你要過來啊？謝謝。那麼，你的助手小林知道我們家在哪裡，我就在家等你。」

掛回話筒，小泉似乎鬆了一口氣。明智偵探正好在事務所，真是太棒了！只要明智在，也許有什麼好辦法可以欺瞞怪盜，救回信雄，並且保住傳家之寶掛軸。小泉愈想心情愈能平靜下來，方才蒼白的臉色，終於恢復了生氣。

可是，就在小泉打電話時，書房的另一角發生了奇怪的事。正在和明智偵探通電話時，從小泉旁邊的玻璃窗外，探出一個白髮白鬍鬚的怪老人，在那兒靜靜地窺伺著。

窗外是空曠的庭院，他到底是什麼時候溜進來的。這個怪老人就是怪盜二十面相，並在庭院中緊盯著小泉打電話的模樣。在神社中只是假裝離去，其實是跟蹤小泉而來。

看到小泉掛回話筒，他又將頭縮回去，消失在庭院的黑暗中。當然小泉自始至終都沒有察覺。

怪盜二十面相喬裝的怪老人，就這樣消失在庭院的樹叢，繞到屋後的圍牆，如猴子般一溜煙躍過牆頭。牆外是沒有人煙的幽靜巷道，二十面相若無其事的穿越街道，快步走向熱鬧的商店街，走進電話亭後，拿起話筒打電話到明智偵探事務所。

到底是怎麼回事？怪盜二十面相竟然打電話給明智偵探，怪哉！其中究竟意味著什麼？怪盜又想使出什麼狡詐的計謀？真令人擔心。

話題暫時回到原先的小泉宅邸。這天晚上到底發什麼事，一定要先說明一下。小泉打電話給明智偵探之後，約過了二十分鐘，汽車停在門前，穿著黑色西裝的名偵探，來拜訪小泉。

正在等待的小泉先生親自出迎，將明智先生帶到裡面的房間裡，屏退左右，詳細說明事情的始末。聽完整件事的明智偵探，手臂交疊，沈默不語的思索著。終於抬起頭來，好像想到什麼好計策似的，以沈穩的語氣回答道：

「小泉先生，這件事交給我吧。這次我一定要親手擒住怪盜二十面相，不但救回信雄，而且不會讓你失去雪舟的掛軸。事實上，我一直在等待這種事情發生。怪盜二十面相十分仇視我，對我而言，這次的事件是千載難逢的機會。由於信雄加入少年偵探團，才會發生這樣的不幸，我多少也要負點責任，我一定會平安無事的救他出來。」

「謝謝你。既然這樣，我就安心了。那麼，你打算怎麼救回信雄？你知道怪盜二十面相的藏身處嗎？」

「不，我不知道。」

「那怎麼可以……我完全不了解你的想法。」

「那傢伙不是說要用雪舟掛軸換回信雄嗎？」

「是的，如果不把掛軸交給他，就沒有機會救出信雄。」

「那我們就把掛軸交給他好了。」

「咦，你說什麼？你要我放棄傳家之寶？」

「不，不是把真的雪舟掛軸給他，而是拿其他類似的掛軸去交換。你們家應該有不是很重要，即使落入怪盜手中也無妨的掛軸吧？只要找出一幅和雪舟掛軸類似的掛軸替換就可以了。」

「原來如此，的確是個好辦法。但是怪盜會上當嗎？他應該會先確認掛軸的真偽才對。」

「哈哈哈……當然不是心甘情願的交給他，我們必須變點戲法。怪

盜二十面相不是擅長魔術嗎？我也不差。這件事就交給我吧。」

「你說要變戲法，可是那幅掛軸必須由我親自交給他，我又怎麼會變戲法呢？」

「哈哈哈……你當然不會，這戲法只有我才會變。」

「但是，你也不能代替我去啊！如果我不親自送到，他絕對不會放回信雄。」

「所以，才要下點工夫。我已經準備好道具了。」

明智拿起腳邊的公事包，拍拍公事包說道：

「我想借用一下尊夫人的化妝室。」

「化妝室？你打算做什麼？」

「待會兒你就知道了。我還有事拜託你的夫人，能幫我引薦嗎？」

小泉先生雖然不明所以，但還是按照他的指示，介紹他的妻子給明智，讓夫人帶他到化妝室去。十五、六分鐘過後，小泉仍一直坐在房間裡，抽菸等待著。這時，紙門被拉開，有人走了進來。

小泉聽到聲音，回頭一看，看到進來的人，不禁「啊！」的輕叫一聲，站了起來。這也是無可厚非之事，因為來人竟然是從臉到身材都和小泉分毫不差的人，正笑盈盈的站在門口。彷彿照鏡子似的，自己的身影出現在眼前。

小泉不禁懷疑自己是不是看錯了，懷疑自己恍如置身在夢中一般。不，不是夢，另一個自己已經走進房間，而且一股腦兒的坐在先前明智坐的坐墊上。

「哈哈哈……小泉先生，你的表情真有趣。你可能沒有見識過，這就是高明的易容術。我是明智啊！」

這個人好像覺得很有趣似的笑著。

「原來是你，我還以為自己神智不清，嚇了我一跳。扮得真像，感覺就像在照鏡子。」

「哈哈哈……剛才和你談話時，我已經將你的臉部特徵記住。只要黏上準備好的鬍子和假髮，塞些棉花，臉上進行部分修飾，再運用一點

巧妙變裝術，就可以化妝得很成功。這件衣服則是跟你的夫人借的。如何，扮得唯妙唯肖吧？」

「沒錯，連聲音都很像，真讓人吃驚。我從來都不知道你竟然有這麼高明的變裝技術。絕對沒問題，任何人看到都不會懷疑。」

「哈哈哈……既然你這麼說，那應該就沒問題了。那麼我就用這副模樣代替你去嚇死怪盜二十面相那傢伙。不過，還是要先替換掛軸。我想先看一下那幅雪舟名畫，並且選一幅對方不會察覺的替代品。」

「我知道了，請你跟我一起到倉庫去。」

小泉對於明智絕妙的變裝十分佩服，滿心認為事情一定會進行得很順利。親自拿著手電筒，走在前頭。

不愧是收藏國寶之處，倉庫門窗緊閉，牢不可破。首先打開鎖，拉開大鐵門，再打開內側裝上沈重鐵絲網的板門，走進倉庫內，接著看到金庫般鋼鐵製的保險箱，必須有正確的密碼方能開啟。

小泉從保險箱架子上層，取出細長的梧桐木盒，仔細拉開，攤開寶物雪舟掛軸，讓明智一窺其風采。

「嗯，的確很棒！雖然我不了解畫，但這樣的畫確實讓人震撼。這個筆勢真美，不愧是怪盜二十面相不擇手段想得到手的珍品。那傢伙對於美術品的確有過人的鑑賞力。」

明智用手電筒來回照著小泉攤開的掛軸，很感興趣似的欣賞。

「畢竟是七代前的祖先傳下來的，當然是大有來頭的美術品。能夠不必交出這個掛軸，我不知道有多高興。如果事情進行得很順利，我一定會好好的答謝你。」

「這倒是不必。這件事與其說是為了你，不如說是為了我自己，我一定要擊潰那傢伙。現在我們趕快找一幅和這幅掛軸尺寸相同，外觀類似的代替品吧。」

明智離開畫前，小泉則重新捲好掛軸。就在這時，小泉突然說：「啊，對了，這個！這個雖然裱背華麗，但卻是默默無聞的畫家的作品，就算被他拿走也無所謂。」從擱置在牆壁架上，取出有點發黑且骯髒的

梧桐木盒，交給明智。

明智打開裡面的掛軸，用手電筒看了一下。接著重新捲好，置於雪舟掛軸旁相比較。

「嗯，軸都是色澤相同的象牙光澤，裱背的手法也很類似，如果是這個，應該就沒問題。兩邊的盒子上都有畫題，不用真正的盒子裝，一定會被對方識破。把代替品放在真的盒子裡，雪舟就放假的盒子裡。這樣一來就萬無一失了。這個是真正的雪舟。雖然盒子對調，但確實是真的。好，現在放回原位。」

小泉接過明智遞給他的梧桐木盒，將它放回保險箱裡，關上門，轉動密碼盤。

兩人離開倉庫，上了鎖，回到原來的房間。明智將裝著代替品的梧桐木盒小心翼翼的用傭人拿來的包巾包著。等到一切的準備妥當時，已經十點鐘了。

傭人端來主人自豪的陳年葡萄酒，以及一些簡單的西式下酒菜。兩人手持酒杯，一邊聊天一邊喝酒。不知不覺，已經到了出發的時刻。

「啊，十一點半了，我該出門了。如果遲到就功虧一簣，我走了。我一定會將信雄帶回來的，你安心吧。」

喬裝成小泉的明智，打完招呼後就離去了。小泉衷心祈禱，計畫千萬不要失敗，目送名偵探到門外。

二十面相的魔術

目送明智離去，回到房間的小泉，憂心忡忡，不知道到底能不能安然無恙的救出信雄。如果對方知道掛軸是贋品，會不會危及孩子的安危呢？小泉坐立難安，頻頻盯著時鐘。

坐在一旁的信雄的母親——小泉夫人的擔憂不亞於小泉先生，二人用畏懼的眼光來回張望，根本沒有說話的力氣，只能一分一秒等待時間的流逝。十分鐘、二十分鐘、三十分鐘，時間似乎愈來愈漫長。母親心

跳加速，彷彿罹患重病，幾近死亡邊緣。

時鐘好像快停滯般，過得真慢。好不容易終於到了半夜將近一點的時候了，玄關格子門的門鈴響起，似乎聽到傭人起身開門的聲音，接著走廊傳來啪噠啪噠跑的腳步聲。

「啊，這不是信雄嗎？」母親拉開紙門，三步併作兩步跑了過去。

「媽媽！」少年大叫，衝進母親的懷裡。

「信雄！」小泉先生喜出望外的站了起來。

「你終於回來了，我好擔心你。明智先生……」

「咦，明智先生？」信雄訝異的問道。

「難道你沒有看到明智先生嗎？明智先生喬裝成爸爸的樣子，到怪盜二十面相那裡去換你回來啊！你不知道嗎？」

從傍晚蓄積到現在的疲勞，讓信雄不由得攤在房間的正中央，一臉吃驚的抬頭看著父親。

「我沒有遇到他啊！」

「既然如此，你是怎麼逃出來的？你不是被二十面相抓住了嗎？」

「是的。爸爸，你有看到我寫的信嗎？那是二十面相逼著我寫的。但是，信上寫的都是事實，現在一回想起來，我就覺得毛骨悚然，真的好可怕啊！」

然後，信雄仔細的說明從傍晚開始發生的事情。

父母親聞言，彷彿那詭異會移動的天花板就在眼前，即將落在自己的孩子頭上似的，嚇得膽顫心驚，手汗直流。

「等我寫完那封信，怪盜二十面相就不知道到哪兒去了。我等了好久，都沒有離開那間奇怪的房間。雖然天花板並沒有再掉下來，但是我擔心再這樣下去會先餓死，害怕得不得了。好久好久，我覺得好像過了一個月。結果同一天的晚上，大概就在三十分鐘前，鐵製房間的門突然響起喀嘰喀嘰的聲音。

怪盜二十面相打開門鎖，打開了門，他說我可以回去了。我就立刻用力推開門，拚命往外跑。我沒有看到任何人，怪盜也不見了。

我嚇得死命往玄關跑，這時，身後傳來那個人嘶啞的聲音，他說你不要忘記，回去之後要告訴你爸爸，立刻打電話到明智偵探那裡去，一定要記得！」

「打電話給明智偵探？這到底是怎麼回事？那傢伙在胡說什麼？」

「不是胡說，他說了兩、三次同樣的話。在我跑出玄關之前，他一直在我身後大叫，要我千萬不可以忘記這件重要的事。」

「好，我立刻打電話給他，我也很擔心明智先生的事，不知道他是否平安無事到家了。到目前為止，都沒有他的消息。」

小泉把妻子和信雄留在房間裡，趕緊到書房，打電話到明智偵探事務所。意外的是，明智偵探竟然在事務所裡。不久，話筒另一端傳來明智的聲音。

「信雄已經回來了，謝謝你的幫忙，我以為你正朝我家來呢……」

「咦，到底發生什麼事？我完全不懂你在說什麼？是不是有什麼事情弄錯了？」

明智奇怪的答道。

「不，謝謝你的幫忙，才能讓孩子平安無事的回來。」

「這我就不明白了。我因為有事外出，現在才剛回來，關於你孩子的事，我毫不知情。啊，對了，傍晚你曾打電話來，說有重要的事情商量，後來又打電話來要我不必過去，所以，我就外出辦其他事。」

「咦，我有第二次打電話給你嗎？」

「是啊，你忘了嗎？」

「奇怪，我只打過一次電話。後來你還是到我家來了，而且把那個掛軸……」

「喂，你說得我一頭霧水，這之間可能有什麼誤會，到底發生什麼事？你的孩子現在怎麼樣了？」

小泉聞言，有一種難以言喻的錯愕，臉色倏地蒼白。

「這麼說，你從來沒有來過我家？」

「對，從來沒有去過。但是，你卻說我拜訪過你，真奇怪……難道

這和怪盜二十面相有關嗎？」

「沒錯，怪盜二十面相監禁我的孩子，不過，現在孩子已經平安無事的回來了，可是，卻發生很奇怪的事情。」

聽到怪盜二十面相，電話那頭的明智語氣為之丕變。

「請等一下，這件事不方便在電話裡談。如果方便，我現在就去拜訪你。」

「好，我很感謝你。我等你，請你立刻過來一趟。」

掛上話筒，小泉面露狐疑的神情，坐在椅子上，一時之間動也不動的發著呆。

三十分鐘過後，約在深夜一點半時，小泉家接待室的燈火通明，圓桌前圍坐著開車前來的明智偵探和助手小林，主人這邊則是小泉先生和信雄，四人聚在一起商量。

「到底是怎麼回事？我完全一頭霧水。聽你這麼說，先前的明智應該是假扮的，可是他和現在坐在這裡的你，真的完全一模一樣，化妝得唯妙唯肖。」

小泉先生對於明智偵探的話難以置信似的說道：

「而那個假明智又扮成你，他是如何變裝的呢？」

當明智詢問時，小泉先生驚訝的回答：

「對了，真的很神奇。那個男子只花了一、二十分鐘，就喬裝成我的樣子，好像會變魔術的妖怪一樣，能夠自由自在變換臉型。」

「原來如此。在東京只有一個人有這種手法，就是那個擁有二十種不同面貌的怪物。」

「什麼，那傢伙是……」

小泉嚇得臉色蒼白。

「沒錯，怪盜二十面相最喜歡這種膽大妄為的模仿遊戲。具有如此卓越變裝技巧的人，只有他而已。一定是他假扮成我到你家來。他知道你打電話給我，於是立刻模仿你的聲音，通知我不要過來，然後就代替我到這裡來。」

聽到明智偵探這番話，各位讀者應該了解了吧！傍晚化妝成怪老人的怪盜二十面相，看到小泉先生打電話之後，立刻跑到附近的公共電話亭去，目的就在於此。

「還是很奇怪，雖然他是假扮的，但卻對我示好，還想一個不讓雪舟名畫被怪盜搶走的方法。就是由他帶假的掛軸去見怪盜二十面相。怪盜二十面相怎麼可能自己騙自己呢？這到底是怎麼回事？」

小泉愈來愈覺得事有蹊蹺。

「雖然我很同情你，但還是不得不說，被騙的不是怪盜二十面相，而是你。」

明智彷彿已經知道所有來龍去脈似的回答。

「咦，我被騙了……」

「真正的雪舟掛軸收藏在哪兒？」

「在倉庫裡，而且是好好的鎖在保險箱裡。」

「那麼，我們可不可以去檢查一下保險箱，我想雪舟掛軸應該已經不翼而飛了。」

「咦，你是什麼意思？為什麼這麼說……」

「與其在這裡爭辯，你不如先去確認一下保險箱。」

明智很有自信的說著。小泉開始心煩意亂，說了句：「那麼失陪一下。」於是匆匆離開接待室。這原也無可厚非，畢竟掛軸可是被指定為國寶的傳家之寶。

不一會兒，神情落寞的小泉出現在門口。

「明智先生，你說得對，我真的被騙了，我被那傢伙的手法騙了。我竟然相信他，把贗品放在真品的盒子裡，讓他帶去。可是，在替換的過程中，不知道他是使用何種手法，又把真品和贗品對調。現在保險箱的盒子裡，放的是那個應該被那傢伙帶走的贗品。啊！早知如此，我就會更謹慎，真是可惡！」

小泉先生懊惱的說完之後，整個人攤在安樂椅上，手臂交疊，不發一語。

會說話的鎧甲

極度沮喪的小泉，連說話的力氣都沒有，沈默不語，後來終於抬起頭說道：

「明智先生，那傢伙最後還是履行約定，拿走掛軸，放回信雄。如果是普通的名畫，只要信雄平安無事，我不會再追究。但雪舟是國寶，不只是我自己的損失，更對不起日本的美術界。明智先生，有沒有辦法將它找回來呢？」

明智先生同情的看著小泉，沈思了一會兒，回答道：

「現在要找回來可能很困難，就算現在跑到那傢伙的藏身處，恐怕也已經人去樓空。不過，還好信雄知道他住在哪裡，現在我們立刻趕去調查一下。信雄，你就帶我和小林到那間詭異的洋房去吧。」

「好，只要有老師和小林團長在，我就不怕了。我帶你們去，我知道在哪裡。」

信雄吃了母親為他準備的大餐，飽餐一頓之後，精神大振。而且一想到要為平常就很尊敬的明智偵探帶路，他的勇氣就立刻倍增。和小泉先生商量過後，明智偵探、小林和信雄等三人，坐上備妥的車，在深夜時分，朝著世田谷區池尻町駛去。

在距離洋房一百公尺處停車，佯裝若無其事通過的行人般，來到門前。大門和在兩小時前信雄剛逃走時一樣，還是敞開的。

「怪盜二十面相已經不知去向，不過，我們還是進去調查一下，也許能夠發現什麼蛛絲馬跡。」

明智偵探說著，帶頭踏進門內。

玄關的門是關著，但是輕輕使力就可以推開了。裡面一片漆黑，彷彿空屋一般。

「小林，手電筒。」在明智的指示下，小林的手好像在黑暗中移動似的，啪的光射在前方的牆壁上。

明智就在微弱的光，找到電燈開關，但是不知道怎麼回事，連續按

了幾下，電燈都沒有亮。怪盜二十面相在信雄回去後，知道他一定會來搜查這間屋子，所以事先切斷主電源，逃之夭夭。

「看來只好勉強用手電筒往裡面搜查。小泉，你先前被監禁的鐵屋在哪裡？」

「還在更裡面，只要沿這條走廊走就到了，我帶你們去。」

信雄說著，接過小林手中的手電筒，慢慢的沿著走廊走去。

走在長廊上時，信雄擔心那個蓄著山羊鬍的蛭田博士，會突然冒出來，用手槍指著他。所幸害怕的事一直沒有發生，終於來到天花板會動的小房間。

「原來就是這裡。天花板落下來時，你一定很害怕，這真是惡毒的逼供道具。」

明智偵探輕聲說道，並繞到房間後面，檢查讓天花板移動的機關。回到房間裡，用手電筒掃過地板和牆壁，似乎並沒有發現什麼線索。於是催促兩個少年，調查每個房間。

屋內每間房間都沒有上鎖，所以三人毫不費力的用手電筒，一一搜查牆壁和地面，不過，都是沒有家具，空無一物的房間，甚至連一張紙片都沒看到。仔細搜查完其他房間的三人，來到建築物中央最大的一個房間裡。

帶頭的明智偵探，正準備走進房間時，真的是突然，不知從哪裡聽到人的笑聲。哇哈哈哈……笑聲極為高亢。原以為是空屋，又是在黑暗的房間裡中，乍聞人的笑聲，三人驚訝萬分。

不愧是明智偵探，立刻停下腳步。信雄手中的手電筒，好像在訴說持有者內心的恐懼似般，劇烈的搖晃著。

數小時前，曾遭遇過恐怖事件的少年信雄，心中不停吶喊著「他出來了！」湧起想要逃走的畏懼感。黑暗中雖然看不到他的表情，但可以想見，他的臉此刻一定嚇得如幽靈般慘白。

「哇哈哈哈……明智先生，辛苦你了。你是來取回國寶，還是打算來抓我？真是可惜，我不會再被像你這樣的偵探抓住。哇哈哈哈……」

黑暗中，笑聲不絕於耳。

確實是怪盜二十面相的聲音。原以為已經逃走的怪盜二十面相，竟然還藏匿在這棟宛如空屋的建築物的黑暗當中，彷彿一匹危險野獸，等待他的勁敵明智小五郎。

明智偵探聽到他的笑聲，立刻轉過身來，接過信雄的手電筒，朝著聲音的來源照過去。

但是，房間裡沒有任何人，與其他三個房間一樣空無一物，是間空房。啊！對了，這個房間和其他房間不同，入口處有一間休息室，而且休息室對面還有另一個房間。就借著手電筒的光亮，找到兩個房間的隔間門。怪盜二十面相一定是在房間的另一端說話。

怪盜二十面相如此大膽的行為不是沒有原因的。在裡面房間的黑暗中，不難想像，一定有什麼更惡毒的機關在等著三人。

信雄愈想，愈覺得好像待在妖怪的房間裡一樣，背脊發涼有種異樣的恐懼感，使得他毛骨悚然，心跳加快。

不愧是明智偵探，絲毫不懼。一步一步慢慢的走近門，推開門，用手電筒照過去，踏入空曠的房間裡。小林也很勇敢的跟在他的身後。信雄見狀，雖然感覺很不舒服，但不能再猶豫不決了，以免事後被小林嘲笑是少年偵探團的恥辱，於是鼓起勇氣，戰戰兢兢的跟在兩人身後。

先前雜七雜八的敘述一堆，從聽到怪盜的聲音開始，到三人一腳踏入裡面的房間為止，時間似乎很漫長，但其實只過了一、兩秒。

怪盜二十面相的聲音，仍舊不斷傳來。

「喂，明智，我真是太痛快了。我一個一個的教訓過了你手下的孩子們。為了褒獎自己，我拿到了這麼棒的寶物。今後我會繼續做這種買賣，絕對不會停止。包括小林在內，我沒有報復的孩子還有一半呢！明智，總有一天會輪到你的。要送給你的大禮，我就留到最後，這樣才能提高我的樂趣。哇哈哈哈……明智，你做好準備吧！到時候我一定會讓你哭笑不得。」

明智一腳踏入房間之後，不由分說的將手電筒照向聲音的來源。奇

怪的是，這個房間也很像空屋，空無一人，根本沒有怪盜的蹤影。

窗戶緊閉，除了三人走進來的門之外，沒有其他的出入口，也沒有任何可以躲藏的地方。三人環視廣大的房間。這時，小林好像察覺到什麼似的，小聲的叫著：「啊、啊，有人躲在那兒。」從明智手中拿過手電筒，照著房間的另一角。

在手電筒的光芒中，發現了可疑的東西。原來那是一套西方古老的戰袍。頭盔和鎧甲都是鐵製的，彷彿是畫中騎士所穿的銀灰色戰袍，以直立的姿態，裝飾在一隅。因為實在是擱置在太角落的地方，所以先前一直沒有發現。

在沒有任何道具的房間裡，為什麼只擺著一套西方的戰袍，不禁讓人心生懷疑。

就在明智偵探為了仔細檢查這個裝飾品而向前走近時，在距離鎧甲一公尺處，笑聲又響徹整個廣大的房間。由於音量太大，明智偵探不禁倒退一步。這時，笑聲又停止了。

再度接近鎧甲時，笑聲又開始出現。聲音到底是從何處傳來的，看來應該是發自鎧甲中。而且好像是從戴著頭盔的臉部傳出來的。啊，當成裝飾品的鎧甲竟然會笑！不，鎧甲怎麼可能會笑，一定有人躲在裡面。不是裝飾品，而是有人身穿鎧甲，站在那裡。那麼究竟是誰呢？不用說，一定是怪盜二十面相。

察覺到這點，明智擺好姿勢，瞪著鎧甲怪物。小林和信雄則雙手握拳，靠在一起。

鎧甲會不會走動，拔起佩在腰間的劍，刺向三人呢？不，怪盜二十面相絕對不會這麼做，鎧甲中肯定有什麼駭人的機關。明智偵探小心翼翼，慢慢的朝鎧甲前進。當接近到某個距離時，鎧甲就會開始咯咯的笑了起來。不過，這次明智並沒有後退，繼續往前進，直直的瞪著對方。

二十面相卻好像落地生根似的，一動也不動，只是一味的笑著。而且好像覺得極其可笑，不斷的狂笑著。這到底是怎麼回事？難道怪盜二十面相發瘋了嗎？

但是，接下來發生了不可思議的事情。不只是怪盜二十面相，就連明智偵探都好像被怪盜二十面相的心情感染似的，咯咯的笑了起來。信雄見狀，嚇得顫抖不已。

「老師，怎麼回事？有什麼好笑的？」

按捺不住內心恐懼的小林，抓著偵探的手大叫著。

但是，明智並沒有停止笑，反而更大聲的捧腹大笑。

「哈哈哈……實在是太好笑了，小林。我們被騙了，這裡除了我們之外，根本沒有別人。這個住宅的確是空屋。」

難道明智神智不清了嗎？明明聽到怪盜二十面相的聲音，他卻說這裡沒有其他人，到底是怎麼回事？

「可是，老師，不是有人躲在那個鎧甲中嗎？」

小林好像是要提醒明智似的說道。明智卻又笑了起來。

「哈哈哈……鎧甲中真的沒有人，你還沒有察覺嗎？我就讓聲音的主人現身吧。」話裡透著古怪。收起對敵的準備姿勢，迅速來到鎧甲旁

，摘掉頭盔。頭盔就好像被砍斷的頭顱般，在地上滾動著，當然裡面什麼也沒有。也就是鎧甲只剩沒有頭的軀體而已，但他還是不斷的笑著，彷彿妖怪似的，沒有脖子卻能出聲的妖怪。明智毫不在意，接著好像抱著鎧甲般，將鎧甲從軀幹部分脫掉。

「你們看，聲音的主人就在這裡。」

順著明智手指的方向望去，被脫掉鎧甲的軀幹後面黏著一個小型的錄音機，錄音帶正在轉動著。

這又是怪盜二十面相騙人的把戲。他早就預料到明智會來這裡，於是為了嘲弄明智，精心設計了這個好像是在說「如果你想抓我，就會有這種下場」的把戲。

事後仔細檢查，發現錄音機的電線是從走廊入口、門的內側以及鎧甲前方一公尺的地面上拉過來的。只要有人踩到，就會使錄音機啟動，確實是相當巧妙的機關。怪盜二十面相這次真的是高奏凱歌。儘管一開始就和這次的事件無關，但明智依然未能擒住怪盜二十面相。

「小林、信雄，你們記住，我一定親手抓到那傢伙，我已經無法再忍受這樣的愚弄行為。從現在算起，一個月內，沒錯，就是一個月內，我一定、一定要把怪盜二十面相送進監獄裡。」

即使大敵當前，仍是面帶微笑的名偵探，唯獨這次氣得咬牙切齒，誓言必向怪盜二十面相報一箭之仇。

怪盜二十面相宣稱不會放棄對少年偵探團團員的報復行動，甚至聲稱也要對明智偵探不利，都是剛才錄音帶說過的話。啊，日本第一的名偵探和狡猾怪盜的鬥智之戰，即將達到高潮。到底是明智會贏，還是怪盜會勝？看來只有等待決戰日到來才能見分曉。

少年探險隊

後來，明智偵探和警察仍然持續搜索，可是二十面相卻好像突然石沈大海似的行蹤不明。雖然他宣稱要對所有少年偵探團的團員報復，但

卻彷彿忘了這件事一樣，消失得無影無蹤。

怪盜二十面相是否已經放棄報復了呢？還是害怕被逮捕，已經逃離東京了呢？不、不，絕對不可能，對方可是擅長魔術的怪物。也許只是暫時裝作要放棄報復，其實是躲在東京某處窺伺，等待報仇的時機。也許他正計畫著要進行一件驚天動地的大事。

就在怪盜二十面相銷聲匿跡的二十天後，那天正好是星期天加上節日，有兩天休假。少年偵探團的團員們打算一起去遠足。

少年們因為二十面相遲遲沒有現身，覺得無聊至極，而且春天已經接近尾聲，的確是遠足的好時節。精力充沛的團員們無法再忍耐了。既然不能做偵探的工作，那麼去爬個山也好。

少年們在一週前，就已經愉快的計畫好連續兩天的假日要出外遊玩的事宜。團員桂正一和篠崎始，主張去奧多摩的鐘乳洞探險。

小桂和篠崎都是中學一年級的學生，同班同學最近由讀大學的哥哥帶他去鐘乳洞，同學繪聲繪影的對他們描述了許多洞窟中的事，引起兩人莫大的興趣。

少年偵探團團員聽到要去深不可測的洞穴中探險，紛紛表示贊成。畢竟是喜歡冒險的少年，原也無可厚非。於是大家決定趁著休假，到奧多摩的N鐘乳洞探險。

遠足路途遙遠，但同行的有十人，以及雖然不是成人，卻非常穩重的小林芳雄團長帶領，所以，團員們的父母親都很放心的，讓他們去遠足。星期天早上，天色還沒有亮時，大家就高高興興的揹起背包，提著水壺，或拿著父親老舊的手杖等，做好登山準備，在新宿車站集合。

搭乘中央線，一小時後，改搭支線，又經過一小時。在終點站下車之後，搭乘沿著河川道路前進的巴士，大約三十分鐘後，來到連車子都無法進入的窄小山道。

下車的少年探險隊，由小林團長帶頭，總共十一人，步伐整齊的合唱少年進行曲，勇敢的前進。

一邊是佈滿青翠嫩葉的山，另一邊則是深幽的溪谷。越過溪谷，對

岸還是綠油油的山峰。腳下傳來潺潺流水聲，谷中宛轉的小鳥及黃鶯鳴聲，縈繞於耳。萬里無雲的晴空，上午的陽光燦爛的照在少年們身上。

「哇，嚇了我一跳，有東西從我的腳邊跳過去。」

「啊，是兔子！你看，那裡、那裡。啊，不見了。」

「真的嗎？」

「我騙你幹嘛！灰色，有著長耳朵的傢伙，撲撲的跳過去了。這裡一定有兔子的窩。」

「如果有兔子，那會不會有熊啊？」

「不必擔心，熊不會在這個時間出現。」

「哼，如果熊膽敢出來，我就像金太郎一樣，和牠比賽角力。」相撲選手桂正一開玩笑的說道。十一個人都哇哈哈開心的笑了起來。

唱唱、跳跳，精力旺盛的少年們，絲毫不覺得疲勞的走完十公里的山路。過了正午，來到N鐘乳洞前。在洞穴入口稍前方，有一棟骯髒的山中小屋。屋前擺著水果、點心和檸檬汁。少年們通過該處時，有個健壯的老爺爺從裡面走出來，笑吟吟的看著他們。

「孩子們，你們來看鐘乳洞啊？」

老爺爺被陽光曬成紅銅色的臉上，佈滿皺紋，招呼著少年們。

「是啊，有人比我們早到嗎？」

小林笑著問道。

「沒有、沒有，沒有人來，鐘乳洞最近很寂寞。看來你們是參加學校的遠足活動，還是孩子，竟然能夠來到這個山中。路上有沒有遇到可怕的野獸啊？」

「哈哈哈……看到我們這麼多人，野獸早就嚇得逃之夭夭了。我們可是少年探險隊噢！」

愛耍寶的小桂聳聳肩，笑著回答。老爺爺也放聲大笑。

「爺爺，你把點心擺在這裡，會有人來買嗎？」

大野敏夫詢問老爺爺。老爺爺指著山中小屋答道。

「哈哈哈……我不是要來做生意的。你們看，那裡掛著一把槍，那

才是我的正職，我是個獵人。」

「啊！獵人？那麼你是要獵熊，還是野豬呢？」

「哈哈哈……這些東西要到更裡面才獵得到！這附近沒有。不過，今年正月，在深山裡有抓到一隻熊，你們想看嗎？」

「咦，真的嗎？原來爺爺是個名人。」

「嗯，四十年前我就開始打獵了……你們有帶便當來嗎？在進洞之前，先填飽肚子吧。洞穴很深噢！吃完便當之後，我帶你們進去。」

「爺爺，你是專門帶人參觀鐘乳洞的人嗎？」

「嗯，在春秋兩季，這是我的兼職工作。」

「不過，我們自己進去就好了。關於鐘乳洞內部的情形，我已經查過書了，而且我們也準備好各種的探險道具，還帶了三綑一百多公尺的繩子。只要綁在入口的岩石上，一邊拉繩子，一邊往前進，就不會迷路了。另外，還有三支手電筒、磁石和刀子。我們是探險隊，如果有人帶路，反而不夠刺激。」

小林說完，老爺爺點點頭。

「那麼，我就不帶你們進去了。但是，洞穴中有很多岔路，第一次進去的人可能會迷路，在原地打轉，最後又回到入口。既然你們帶了長繩，應該就沒問題了。現在還是先填飽肚子，再進去慢慢參觀吧。」

老爺爺說完，看著這些很活潑的少年們。

聽到老爺爺的建議，一行人就坐在旁邊的岩石上，從背包裡拿出便當開始大快朵頤。這時，老爺爺轉身走回山中小屋。

黑暗迷宮

少年們一邊欣賞悅耳的鳥鳴聲，一邊吃著大飯糰，大口大口喝著水壺中的水。用餐完畢，從背包中取出當成路標的繩子，有的人則拿出手電筒，做好行前準備。來到鐘乳洞的入口前，在山邊看到一個猙獰的怪岩。岩石的一部分就好像怪物張開嘴巴似的，露出一個漆黑的洞穴。這

就是洞窟的入口。

「我們準備進入黑暗迷宮中囉！篠崎負責綁路標繩子。繩子的一端就繫在這裡好了。無論發生什麼事，絕對不能夠鬆開繩子。一旦離開繩子，我們就會迷路。瞭解了嗎？」

在小林團長的指示之下，篠崎始將拿在手上的一團繩子的一端，緊緊的綁在岩石的尖端。

「先用羽柴的手電筒。如果一次三個同時用，電池的電力很快就會耗盡。羽柴拿手電筒和我帶路。」和團長帶頭的壯二變得十分勇敢，拿起手電筒，一股腦兒的鑽進洞穴中。

接著是小林團長、小泉信雄、相川泰二，十名團員排成一縱隊，陸續進入洞穴中。拿著一團繩子的篠崎和親戚相撲選手桂正一墊後，負責護衛工作。

進入洞口，走了五、六步之後，道路變得十分狹窄，甚至必須用四肢爬行才能前進。但是，根據書上記載，狹窄的道路前行十公尺後，就會遇到一個空曠的地方，所以，大家暫時壓抑著不舒服的感覺，戰戰兢兢摸索著潮濕的岩石往前爬。不一會兒，正如書上所言，左右岩石彷彿朝兩側開展似的，來到一個寬廣的空地。岩石的頂端在何處？高度有多少？目前都還不知道。

「篠崎，繩子沒問題吧？」

「嗯，沒問題。」那應答聲就好像是從深井中傳來般，轟隆作響，隱隱約約聽到回聲。

「太好了。羽柴，照對面的路。」

於是，在廣闊的黑暗中，宛如探照燈般細小的光線，一一掃過粗糙黑色的岩石表面。藉著微光目測，這裡大約二十公尺見方，頂部有個很高很寬的空洞。

「這裡可能有很多岔路，現在我們必須選擇一條路。總之，先沿著牆壁繞一圈看看。」

帶頭的小林說著，藉著羽柴手電筒的光，開始往右走。

「啊，這裡有個小洞，這是第一條岔路。」

「咦，有流水聲。」

「這個鐘乳洞當中，有小的地底河流流經，沿著這條岔路走，一定可以走出去。」

「啊，你們看，是鐘乳石！頭頂上倒掛很多白色的冰柱。」

羽柴的手電筒照著洞穴頂部的一角。藉著手電筒的光芒，可以看到巨大的白色石冰柱，彷彿巨人的牙齒般倒懸著。

「你們往下看，下面應該有石筍（註①）。啊！有、有、有。好像白色的蘑菇噢！」

看到這幅奇景，大家都覺得好像置身於童話中的魔法國似的，有種異樣的感覺。

在一片漆黑中，只有靠著手電筒的光，彷彿做惡夢般。在深不可測

註①：含有石灰成分的水，滴落在鐘乳洞的地板上，積成如筍子狀。

的黑暗中，不知會從哪竄出可怕的怪物，就算是勇敢的少年們，也不禁背脊發涼。

「哇！」突然有人大叫。

洞窟中，遠處怪物般的吼叫聲「哇、哇、哇！」不斷傳來。

「是誰？發生什麼事？」

「別嚇人！」

「是我、是我。」

「這不是齋藤嗎？怎麼回事？」

「那個像冰一樣冷冷的東西，滴到我的脖子了。啊，真不舒服。」

「那是從頂部滴下來的水，山上的水從岩縫滴下來的。」大聲說出的話，好像從遠方傳來的怪物吼叫聲，於是大家只好壓低音量。

沿著岩石前進，繞洞穴一周，發現第二、第三、第四，總共有四條岔路。經過一番磋商後，決定選擇其中最寬的第二條路。這條岔路非常寬廣，不需靠四肢爬行。還是成一縱隊前進。往前步行約十公尺後，又

遇到兩條岔路。

「無論有多少岔路，只要有繩子就不會有問題。還是選一條比較寬的路前進吧。」

帶頭的小林說著，走進右邊寬廣的洞穴。

這條路有些地方寬，有些地方窄，有些地方像上坡，有些地方像下坡。蜿蜒曲折，一行人就這樣不斷的前行。大約每走二十至三十步，就會看到岔路，果然如迷宮一般。

「啊，這麼多岔路，到底有多少，你們知道嗎？」

「五條吧。」

「對，有五條。如果沒有路標繩，恐怕無法回到出口。有繩子就沒問題了。」

「沒問題。可是這團繩子愈來愈少了，大概只剩二十公尺長。從入口處到現在已經走了八十公尺。」

「只有八十公尺嗎？我還以為走了五百公尺呢！」

在黑暗中，手牽著手前進，篠崎和小桂竊竊私語的說著。帶頭的小林和羽柴已經遙遙領先。看到遠處手電筒的燈光中，不斷前進的少年們的頭，就好像閃耀著黑色光芒的東西似的。

「真像地獄中旅行。我想礦坑應該就是這個樣子吧。」

「說得對。感覺很不舒服，但是很有趣，我還是生平頭一遭來這種地方。」在隊伍中，手牽手的上村洋一和齋藤太郎開始聊天。

就在這時，帶頭的小林團長高聲叫道。

「喂，這裡有橋，鋪著厚厚的板子呢！」

小林停下腳步，黑暗中的一行人也全都在原地不動。

怪物

「羽柴，這個洞穴好深啊！手電筒借我。」

小林團長從羽柴手中接過手電筒，照著腳邊。看到一個即使是跳遠

高手也難以橫躍的深洞。洞的正中央則鋪著厚厚板子的橋。看起來好像才剛鋪上去，也許最近有人來過這裡。

小林用手電筒照著板子下方，調查洞穴的深度。但是手電筒的光無法照到底部，表示非常的深，而且愈到下方愈寬廣。豎耳傾聽，遙遠的深處隱隱約約傳來流水聲。如果不慎滑落，恐怕難以獲救。

「大家留意腳下，這裡有一個深洞噢……」

小林大叫，聲音在深洞中繚繞。當手電筒的燈照著洞穴時，下方的黑暗中，好像有黑色的大東西，以驚人的速度跳了上來。

手電筒的燈光微弱，無法看清楚是什麼東西。看起來好像是灰色軟軟的物體，形狀愈來愈大，幾乎快要跳上來似的。不久，迅速通過小林和羽柴的眼前，如箭般，瞬間消失在對面的黑暗中。羽柴突然「哇」的驚叫一聲。然而彷彿從深井中躍出來的東西不只一個。

聽到羽柴大叫，錯愕的少年們緊握彼此的手，看著洞穴裡陸陸續續跳出的灰黑色軟軟的物體，彷彿惡魔的飛機從地獄深處飛上來似的。

「啊！是蝙蝠，是蝙蝠啦！大家不要怕。蝙蝠受到光的驚嚇，才會紛紛飛出來。」

小林大聲嚷著。少年們卻是第一次看到活生生的蝙蝠，感覺很不舒服，只想逃到洞穴外。

「怎麼回事，大家幹嘛那麼膽小？如果被人知道探險家因為害怕蝙蝠而逃走，那可是會貽笑大方噢！別怕，別怕，我們再繼續前進，大家留意腳邊。」

小林目送消失在洞窟深處的蝙蝠群，不斷激勵一行人。他牽著羽柴的手，慢慢的走過木板橋。少年們按照他的吩咐，跟著前進。十一人又排成一縱隊，手拉著手，安然過橋，朝深處走去。

走過狹窄的道路，岩石又朝兩側擴展，眼前突然開闊起來，他們終於來到第二個大空地。

「噢，又變得很寬廣了。還是跟先前一樣，沿著岩壁繞一圈。」

在小林的指示下，大家摸著冰冷凹凸的岩石，正繞著洞穴周圍巡視

時，後方又傳來「啊」的叫聲，而且有東西倒下的聲響。

「咦，發生什麼事，誰在叫？」

小林詢問時，後方傳來小桂的聲音。

「篠崎絆倒了。」

小林拿著手電筒，來到隊伍的後面，看到篠崎表情痛苦，掙扎著想從地上爬起來。

「沒事吧，有沒有受傷？」

「沒有受傷，可是……」

「沒有受傷就好。可是什麼？」

「好奇怪。」

「有什麼奇怪的？」

「我覺得不應該會發生這種事啊！」

「什麼事啊？」

「繩子好像斷了，我再怎麼拉，繩子就是拉不緊。愈拉愈覺得繩子往我這裡滑。」

篠崎語帶嗚咽。

「咦，真的嗎？我看看。」

小林團長十分擔心。從篠崎手中抓過一團繩子，試著拉拉看。結果當成路標的繩子不知道從哪裡被剪斷了。見狀，少年們害怕不已，全都聚集在小林團長和篠崎的周圍。

「繩子斷了，真的嗎？」

「嗯，沒辦法，我們只能往回走了。」

「篠崎，你真笨，那條繩子是我們的救命繩啊！」

還跌坐在地的篠崎哭泣的回答道：

「是我不對，你們揍我好了。你們誰打我好了，都是我的錯。」

看到他可憐的模樣，沒有人再責怪篠崎。大家沈默不語，在一片黑暗中，只聽到篠崎的啜泣聲。

「各位，這不是篠崎的錯。你們看，這繩子的切口並不是被岩石的

尖端磨斷的，你們仔細看。」

小林團長突然出聲，少年們紛紛聚集到他的身邊。小林用手電筒照著繩子斷掉的地方，讓大家細細查看。

「咦，這不是磨斷的，真的是用剪刀剪斷的。」

繩子的一端被利刃剪斷，出現明顯的切口。

「奇怪，到底是誰把繩子剪斷呢？難道鐘乳洞中除了我們之外，還有其他人嗎？」

「我也很納悶。為什麼，究竟為什麼要剪斷繩子？」

「這個剪斷繩子的人一定是要讓我們迷路。」

「沒錯！但是，他為什麼要這麼惡劣的惡作劇呢？真奇怪……啊！難道是……」

「咦，難道？」

小林正打算回答時，突然從洞穴深處的黑暗中，聽到難以言喻的可怕聲音。就好像有怪獸在那兒低吼似的，一種難以形容的怪異聲音。眾人嚇了一跳，停止交談，豎耳聆聽著。這個呻吟聲變得愈來愈強烈，似乎正朝他們這裡逼近。

少年們下意識的握緊口袋裡的刀子，瞪著一片漆黑的洞穴。好像有什麼大型的動物在裡面。如果不是動物，不可能會發出這種低鳴。難道有熊闖入洞窟中嗎？

「大家安靜下來，如果有危險，我會做出信號，大家再從剛剛進來的路依序逃走。」

小林團長確實思慮周密，提醒大家注意。用手電筒的光，朝低鳴的方向照過去。

就在圓形的微光看對面的黑暗處，似乎有龐然大物出現了。少年們見狀，嚇得身體發麻，動彈不得。

世上怎麼可能有如此駭人的動物，彷如妖怪一般。

全身覆蓋著灰黑色的毛，站立時遠高於成人，有著一張比貓頭鷹的臉大上三十倍的圓臉。在毛絨絨的臉的正中央，有著大如鳥嘴般的東西

凸出來，以及一雙金光四射的眼睛。

少年們屏氣凝神的瞪著這隻巨獸，根本沒有力氣移開目光，就這樣一直互瞪著。怪物搖搖晃晃的走了兩、三步，發出巨大的聲響。這時牠張開翅膀，雖說是翅膀，卻不是鳥的翅膀，而是惡魔的翅膀。彷彿是西方繪畫中那種恐怖的翅膀，約有五公尺長。

原以為是妖怪，定睛一看，這隻巨獸竟然是蝙蝠，比普通蝙蝠大幾百、幾千倍，是一隻巨大的蝙蝠。難道是先前從洞穴中飛出來的蝙蝠聚集形成的妖怪蝙蝠嗎？還是那些小蝙蝠是這隻大蝙蝠的家臣，這個傢伙則是活了幾百年的鐘乳洞的主人呢？

少年們恍如置身在惡夢之中，嚇得心臟無力，心跳都快停止了。

怪物在黑暗中瞪著驚懼的少年們，搖搖晃晃的步步逼近。張開的翅膀劃破冰涼的空氣，好像快要飛過來似的。

「大家跟在我的身後跑。」

按捺不住的小林，將手電筒對準來時路。他不是想自己拔腿先跑，

而是如果不用手電筒照，根本不知道應該走哪一條路。

聽到小林的聲音，原本呆立的少年們，全都回過神，開始狂奔。墊後的是力量比較大的小桂，但是，即使是相撲選手，也不可能抵擋這個怪物。尤其牠發出的低鳴，彷彿就在身後似的，愈跑愈害怕。帶頭的小林擔心團員之中有人落後，因此，頻頻回頭看。來到先前遇到的大空地時，突然停住腳步，差點就滑落到如深井般的洞穴中了。

到底發生什麼事？先前還架在洞穴上方的木板橋，現在已經消失得無影無蹤。沒有橋就無法繼續前進，深井般的洞穴擋住去路，根本沒有通過的道路，而且這還不是可以一躍而過的小洞。

在鐘乳洞中，的確隱藏著對少年們心懷敵意的人。否則木板橋不可能憑空消失。先是剪斷路標繩，接著又移走木板橋，到底是誰想陷害少年探險隊呢？

可憐的少年們，前進無路，後退無門。前有深不見底的深淵，後有可怕的怪物追趕。

看來時運已盡。小林等十一名少年偵探團團員，在這個無法求救的黑暗的洞窟中，難道只能眼睜睜看著死期到來嗎？

一行人窩在幽深的洞穴旁，喘著氣，顫慄不已。就在這時，又發生了令少年們更害怕的事情。從後方的黑暗中，突然傳來笑聲。嚇得心臟差點停止，他們用手電筒的光一照，怪物就站在身後距離五、六公尺遠的黑暗中，張開血盆大嘴，咯咯的笑著。如幼齡女孩高亢尖銳的聲音，似乎覺得很有趣似的，咯咯笑個不停。

少年們嚇得背脊發涼。啊，會笑的蝙蝠，會發出有如小女孩般笑聲的蝙蝠！世上怎麼可能有這種蝙蝠呢？他們是在做夢，還是黑暗中產生的幻覺？抑或少年們因為洞窟中詭異的氣氛而神智不清了呢？

會說話的怪獸

少年們因為眼前詭異的景象而顫慄不已，嚇得心跳幾欲停止。光是

如成人般龐大的蝙蝠，就已經夠駭人聽聞，再加上牠會發出人一般的笑聲，更教人難以想像。

但是，這些已經不抱任何生存希望的少年，又聽到了可怕的聲音。眾人竟然發現這隻大蝙蝠會說話，用與人類同樣的字彙在說話。

「嘿嘿嘿……可憐的孩子們，你們是少年偵探團的團員吧。喂，小林，你是不是嚇得發抖呢？你平常的精神到哪兒去了呢？」

大蝙蝠用好像從地底竄出來的聲音說著。這裡沒有其他人，的確是怪獸在說話。

小林聞言，在黑暗中勉強站了起來。這個語調似曾相識，好像在哪裡聽過。這時，突然嚇了一跳。

小林用手電筒的光循聲照過去，在微光中看到大如牛般巨獸的臉近在咫尺。大蝙蝠瞬間已經來到一公尺前方。

少年們看了怪物一眼之後，因為實在太害怕，不禁又閉上眼睛。

如牛般毛絨絨的臉當中，兩顆炯炯有神的眼珠子迸射金光。黑色如鳥嘴般的血盆大口，露出黃色的牙齒，甚至吐出舌頭，擺出要把少年們一口吞掉的姿勢。少年們嚇得全都縮成一團。

只有小林少年，看到這張猙獰的臉而不感到害怕。因為動物不可能會說人話，如果動物會說人話，表示一定是有人假扮的。他睿智的做了這樣的判斷。

「你是誰？你想對我們怎麼樣？」

小林仍然用手電筒照著對方，瞪視著怪物。

「嘿嘿嘿……你還不明白嗎？我就是你們拚命要找的人。」

大蝙蝠依然說著人話，輕蔑的竊笑著。的確是人，一個穿了大蝙蝠衣物的人。

少年們隱隱約約有些了解，這時才像從惡夢中清醒過來一般，鬆了一口氣。那麼如果不是妖怪，到底是誰藏在裡面呢？想到此處，恐懼再度升起。

眾人的腦海中閃過這個人的名字。會做出如此狠毒的惡作劇，恐嚇

少年偵探團團員的人，沒有別人。

小林的腦中也立刻聯想到這個人的名字。但是，在黑暗的洞窟中，根本沒有勇氣說出他的名字。他覺得和大蝙蝠怪物相比，這個人反而更讓人害怕。小林心跳加速，頓時無言以對。後來不知哪裡來的勇氣，他突然叫出對方的名字，像瘋子似的拚命嚷著。

「你是怪盜二十面相！」

「嘿嘿嘿……你終於知道了。沒錯，我就是怪盜二十面相。怪盜二十面相不只可以喬裝成其他人，也可以假扮為動物，而且還是世界上不存在的動物噢！嘿嘿嘿……你們一定沒有察覺到怪盜二十面相會在洞窟裡等你們。如何，我的妙計很棒吧！哈哈哈……一開始我就計畫好了，而你們正一步步落入我的圈套之中，現在你們應該明白了。提議要到鐘乳洞來探險的就是小桂和篠崎吧！

他們是從同班同學那裡聽到洞窟的事情，而引起他們的興趣。事實上，就是我設計讓那個同學傳話的。哈哈哈……你們果然中計，來到這個鐘乳洞。而且還拒絕老爺爺帶路，只依賴路標繩，在好像迷宮中的洞窟裡探險。怎麼樣，我什麼都知道吧！

割斷繩子的是我，拿掉洞穴上木板橋的也是我，喬裝成怪物嚇你們的也是我。

哈哈哈……真是太痛快了！看你們個個嚇得臉色蒼白，這就是我的報復，而我也達到目的了。當我扮成大蝙蝠出現時，看你們都像膽小鬼似的，哈哈哈……說什麼少年偵探團團員，還不是很怕妖怪。真是令人痛快，哈哈哈……但是，你們不要因此而安心，我對你們的復仇還沒有結束。我不會因為這種騙小孩的把戲而感到滿足，我真正的復仇行動才剛開始。嘿嘿嘿……可怕吧！

你們這一生都別想離開這個洞窟，這就是我的報復。你們沒有了路標繩，在這個黑暗的迷宮裡，就好像迷路的孩子。而且看你們怎麼跳過這個大洞，你們絕對無法回到原來的道路上。

過了十天、二十天，你們還是要在這個迷宮裡四處徘徊，到時候手

電筒的電力也耗盡。不、不，你們會先肚子餓，餓得發出哀嚎，最後氣力用盡。你們十一個人就在這個黑暗的洞窟中等待死亡來臨吧！

你們以為會有人從東京來救你們嗎？嘿嘿嘿……那是不可能的，這隻大蝙蝠會在中途等著他們，把他們嚇走。嘿嘿嘿……」

明知是怪盜二十面相說的話，但是他喬裝成大蝙蝠，張開露出黃牙的血盆大口，使得聲音好像從地底竄出來似的。

如墨般漆黑的洞窟中，就好像電影特寫鏡頭般，手電筒的光照在大蝙蝠的臉上，用他那陰沈沈的聲音，訴說這整件計畫。即使知道對方是怪盜二十面相，還是讓人覺得很不舒服。

「不，不只這樣，我的計畫還有另一步，就是對付明智小五郎。我會引他到這裡來，讓他遭遇和你們一樣的下場。如果你們回不去，東京一定會引起大騷動，警察也會前來。當然，擔心弟子的明智小五郎絕對會先到這裡來找你們。我就在這裡等他，我要讓他和你們一樣遇到相同的厄運，讓他餓死在這個黑暗的洞窟中。

我最討厭見血，我也不喜歡殺人，但是，明智和你們是不是會在洞窟的通道中迷路，最後餓死，我可就不知道囉！因為你們老是妨礙我的計畫，所以這是你們自作自受。哈哈哈……」

怪盜二十面相扮的大蝙蝠，說出駭人的計謀，很高興似的又笑了起來。聲音響徹整個洞窟，好像四面八方都有人在笑一般。接著聲音愈來愈微弱，卻一直縈繞不去。

獵人與名偵探

第三天的中午，鐘乳洞附近，老獵人的家出現了一名紳士。原來是戴著鴨舌帽，身著旅行服裝的名偵探明智小五郎。

少年偵探團的團員們出發的第二天，傍晚仍遲遲未歸。他們的雙親都很擔心，紛紛來找明智偵探商量。明智等到天亮，比警察早一步朝鐘乳洞出發。他想代替十一名團員的父母們，先來找尋少年們的行蹤。

來到老獵人的住處，那位穿著工作服的老獵人確實還在那裡，走到擺著零食點心的店頭。

「你來參觀鐘乳洞嗎？」老人似乎不知道少年們被困在洞穴裡，悠閒的詢問道。

「不，我不是來參觀的。你是帶人參觀鐘乳洞的人嗎？」

「是的。」

「我是東京的明智。前天有中學生和小學生，總共十一個人，到這裡來參觀，你有沒有看到他們？」

明智偵探邊說邊遞出名片，老爺爺好像不識字似的，看都沒看的回答道。

「有，好多人來啊！怎麼啦？」

「那些孩子進入了鐘乳洞中嗎？」

「是的，他們很有精神的說不需要嚮導，就自己進去了。」

「那你有看到他們出來嗎？」

「沒看到。我因為有事到山下一趟，沒有看到他們，我想他們應該回去了。難道會住在鐘乳洞中嗎？哇哈哈哈……」

「可是，他們到今天為止都沒有回東京。到這裡的途中，我問過車站的站員和司機，他們都說沒有看到孩子們回去。所以，他們可能是在鐘乳洞中迷路出不來，我實在很擔心……」

「咦，沒有回去嗎？奇怪。我這十六年來擔任嚮導的工作，卻從來沒有聽過有人迷路，走不出來啊！這些少年看起來既聰明又活潑，所以我才很放心讓他們自己進去。」

老爺爺手臂交疊，側著頭深思著。

「也許他們走到比較深的地方迷路了。」

「說得對。老實說，就算是我做嚮導，也不會帶他們到很深的洞裡去。單獨進去的人，通常在入口就又會折回來了。從未有人到洞穴深處一探究竟。」

「那麼，我想孩子們可能不小心在洞穴深處迷失了。總之，我想到

鐘乳洞裡調查一下。你願意帶路嗎?我已經準備好手電筒了。」

明智偵探從口袋中掏出小型的手電筒。

「好，我們立刻到洞裡找找看。」

老爺爺輕鬆的走到屋內，不知道在做什麼，不一會兒又回到店頭。他拿著骯髒的掃帚，先行一步。

明智偵探拄著手杖，跟在他的身後。就在兩人走到距離小屋十公尺時，突然，有個奇怪的人物出現在小屋的陰暗處。雖然天氣炎熱，但這個怪人卻披著連頭都蓋住的斗篷，包住整張臉，就好像小偷一樣，躡手躡腳的跟在兩人身後。

這個怪人到底是誰?難道是二十面相的手下嗎?不，不是手下，也許他就是怪盜二十面相。他跟在明智偵探身後，可能是想在黑暗的洞窟中進行什麼可怕的陰謀。可是他真的是怪盜二十面相嗎?還是比怪盜二十面相更出人意料之外的人物呢?待會兒就知道了。總之，請各位讀者牢牢記住這個可疑的人物。

獵人老爹和明智偵探完全沒有察覺有人尾隨在後，一邊閒聊，一邊走近鐘乳洞的入口，就這樣進入洞窟中。披著黑斗篷的人，偷偷的跟在兩人身後，也消失在洞中。

進入鐘乳洞之後，明智偵探打開手電筒，環顧四周，跟在老爹身後前進。老爹很熟悉這裡的環境，在小小的岩穴中，健步如飛。就在前行約二十公尺時，跟在身後的明智突然「啊」的大叫一聲，手電筒的光消失了，四周陷入黑暗當中。

「咦，怎麼回事？跌倒了嗎？小心一點，留意腳下。」

老爹在黑暗中回頭看著。

「我只是不小心絆倒，弄掉了手電筒。啊！找到了、找到了，沒問題，可以繼續前進了。」

明智再度打開拾回的手電筒，很有精神的爬起來。

手電筒的燈大約熄滅三十秒的時間。可是，少年們在入口處都沒有人絆倒，為什麼向來小心謹慎的名偵探竟然會弄掉了手電筒，這不是很

奇怪嗎？難道其中有什麼不為人知的祕密？

不過，接下來並沒有發生什麼事，兩人繼續朝洞窟深處走去。少年行經的道路和老爹當嚮導時走的路完全一樣。通過好像大房間的空窟，接著又走向如深井般有洞穴的道路。

「這裡有橋，小心一點。不小心失足，可能會跌到地獄谷底。」

不知道是誰，又將木板橋架在洞穴上方，兩人小心翼翼的走過木板橋。這時，老爹不知道想到什麼似的，突然將剛走過的橋板，迅速丟入深淵之中。

「你在做什麼？沒有橋，我們會回不去。」

明智驚訝的問道。老爹在手電筒的照耀之下，說出怪異的話。

「你還打算要回去嗎？」

「你怎麼問得這麼奇怪，你到底在想什麼？」

「嘿嘿嘿……這裡是通往地獄的第一道入口，一旦走過，就不能再回頭了。」

「老爹，你在胡說什麼？你難道瘋了不成？」

「嘿嘿嘿……明智先生，你今天的領悟力有點遲鈍噢！你到現在還不明白嗎？」

這到底是怎麼回事？先前還以為是深山裡的獵人，現在卻變成青年的聲音，而且還說著一口東京腔。

「啊，你是……」

連明智偵探也嚇了一跳，手中手電筒的光劇烈搖晃著。

「你猜我是誰呢？明智先生。你現在是不是很害怕呢？哈哈哈……我就是你四處尋找的蛭田博士，另外一個名字是怪盜二十面相。哈哈哈……怎麼樣，即使是名偵探也沒有察覺到鐘乳洞的嚮導竟然是怪盜二十面相吧！

你在找的少年們，就被關在這個洞窟深處。你大概不知道，這個洞裡藏著像人一般大的大蝙蝠怪物，少年們一看到大蝙蝠就嚇得半死。現在十一個人都迷路，可憐的在原地等著餓死。當然這個大蝙蝠是我喬裝

的，不只是人，怪盜二十面相也可以化妝成動物噢！哈哈哈……」

「那麼你打算如何處置我？」

明智偵探不慌不忙，平靜的問道。

「我要讓你遭遇和十一名少年同樣悲慘的下場，讓你活活餓死。你活著，只會對我造成妨礙。每次我都會因為你而陷入險境，所以我絕對不讓你有機會再出手干涉我。

我不喜歡殺人，但是，讓你和你的弟子們餓死，對我而言，沒什麼大不了的。哈哈哈……這真是個好主意吧！你們的墓地就在這個鐘乳洞裡。啊！手不要放在口袋，否則我的子彈可飛得比你快。」

喬裝成老爹的怪盜二十面相，手持手槍，對準明智偵探的胸口。也許為了保護自己，怪盜二十面相不得已還是會殺人。

明智偵探無法取出放在口袋裡的手槍，只能呆立在原地。難道十一名少年偵探團的團員和名偵探明智小五郎，就這樣成為怪盜二十面相的俘虜了嗎？怪盜竟然早就假扮成重要的嚮導，甚至連木板橋都被丟棄。

這時，就算名偵探有高深的智慧，也難以逃離這個黑暗的迷宮。

明智偵探真的被怪盜二十面相打敗了嗎？他真的會和十一名少年餓死在這個鐘乳洞中嗎？

「哇哈哈哈……痛快！痛快！我一生當中，頭一次遇到這麼痛快的事。名偵探變成怪盜二十面相的俘虜，動彈不得。偵探先生，我就帶你到你的弟子身邊去吧！那些少年們也一直妨礙我的工作，現在他們一定哭得很悽慘。我就帶你去欣賞一下吧。哈哈哈……」

怪盜二十面相嘲諷的說著。槍口抵住明智的背後，將他帶往洞窟深處。

名偵探敗北

就算是明智偵探，現在也無計可施，毫無反抗的餘地，只好乖乖的聽怪盜二十面相的命令，朝洞窟深處走去。因為偵探的背後被怪盜二十

面相的槍抵著，如果步伐稍有遲疑，也許子彈就會從槍口射出。即使是名偵探，也束手無策了。

於是，兩人就這樣不斷的朝洞窟深處走去。怪盜二十面相搶下明智偵探的手電筒，從後面照著前方的路。不斷出現可怕的岩壁，有時遇到狹隘處，必須以四肢爬行前進。在某些地方則必須側著身子，才能夠繼續走。蜿蜒曲折的道路，一直往下延伸。

大概走了五、六十公尺時，突然四周寬廣起來，又來到大房間似的地方。

「你看到了吧，現在你那些可愛的少年們全都窩在那兒呢！」

怪盜二十面相諷刺的說道，同時用手電筒朝那個地方照去。

藉著手電筒的光，可以看到廣大洞穴對面岩石的一角，一群人窩在那裡，全都有氣無力的。

少年們從昨天開始，沒吃沒喝，因為飢餓再加上疲勞，使他們就好像將死之人，窩在一起。當然，最初他們還是嘗試逃離這裡，在迷宮當中到處走著，但漸漸的發現只是在同樣的岩穴中打轉，根本無法逃離原本架著木板橋的大洞。

不久，眾人的身體累得如棉花一般，而且肚子餓扁了，即使是勇敢的少年們，再也沒有繼續行走的力氣。然而，少年們並不認為自己的命運已經走到盡頭。

「明智老師一定會來救我們！明智老師無所不知，他一定知道我們遭遇到這種厄運！」

雖然沒有說出來，但大家都抱持著這種堅定的信念。只是不斷的猜想，明智老師那張總是笑臉迎人的臉何時才會出現？

就在這時，發現洞窟對面有人進來，手電筒的光正好照了過來，又聽到怪盜二十面相譏諷的聲音。

「喂，孩子們，你們尊敬的明智大前輩進來了。明智前輩親切的想要來救你們，特地從東京來到這裡。可惜的是，他卻成為怪盜二十面相的俘虜。哇哈哈哈……明智先生，你可以去見那些可愛的弟子兵，你們

就一起在這個洞裡餓死吧！想抓怪盜二十面相的人，就會有這種下場，你們是自作自受。哈哈哈……」

彷彿來自地獄的可怕笑聲，響徹整個洞窟。

少年們聽到他的話，就好像聽到號令似的，立刻站了起來，瞪著聲音傳來的方向。雖然肚子餓，但一聽到怪盜二十面相的聲音，大家還是握緊拳頭，憤憤起身。

其中團長小林聽到明智老師來，終於再也按捺不住，似乎忘記狡詐的怪盜二十面相就在這裡，朝明智偵探的黑色人影撲了過去。

「老師。」小林靠近明智偵探，摸索著，抓住他的手臂。

「是小林嗎？」明智偵探溫柔的扶著他的肩膀。

「嘿嘿嘿……這個師徒見面的場合，真是悲慘啊！你們就好好的聊吧！反正你們不可能重見天日了。」

怪盜二十面相對著明智偵探和少年助手的一團黑影，洋洋得意的說道。長久以來，讓他痛苦的明智偵探和堪稱其左右手的少年小林，現在都成為自己的俘虜，當然讓他雀躍不已。

大概只有十秒、二十秒的時間，就在這個怪盜沾沾自喜、為自己的成功驕傲不已時，拿著手槍的手不自覺放了下來。然而他卻不知道，就算少年們肚子餓，也還殘留著部分氣力，他實在太大意了。

這時，以相撲選手小桂帶頭，五名少年偵探團團員，在黑暗中，以在地面匍匐前行的姿態，無聲無息的逼近怪盜二十面相腳邊。對方還喜不自勝的大放厥辭，拿著手槍的手慢慢的放了下來。五個人立刻一湧而上，抓住他的手。

「哎呀，好痛！」怪盜二十面相不禁大叫。五人當中的篠崎等人，張開大嘴，狠狠的往他的手腕咬下，就算是怪盜也受不了這等折騰，痛到緊握的手指都不自覺放鬆。臂力較強的小桂趁機奪走手槍。

當身手矯健的明智偵探看到怪盜二十面相遭到攻擊時，立刻看準時機，從口袋中掏出手槍，抵住惡人的胸口。

少年小林也像小松鼠似的撲了過去，撿起怪盜因為受到驚嚇而掉在

地上的手電筒，用微光照著怪盜二十面相的上半身。眾人沈默不語，黑暗中只聽到劇烈的喘息聲。

怪盜二十面相高舉雙手，開始後退。手電筒的光追著他的身影，明智偵探手上的槍也不斷逼近。

怪盜退了十步、二十步，如螃蟹般側著身體沿著洞窟的岩石，款款後退。這時，在手電筒的光線照耀下，赫然發現老人的臉上竟然陰險的露出了笑容。

咦！這是怎麼回事？被手槍抵住，面臨絕境的怪盜為什麼還笑得出來呢？

明智偵探和少年們見狀，都訝異的停下腳步。他們認為怪盜二十面相詭異的笑容背後一定隱藏著什麼原因，絕對不能夠掉以輕心。

咦！那是什麼東西？就在百思不得其解之際，在怪盜二十面相後面的黑暗中，突然出現一個大的身影。

明智偵探，不知道這團大的黑影是什麼，可是，少年們一看就知道了，那是蝙蝠，就是那個可怕的大蝙蝠。像人一般大的龐然巨獸，竟然出現了兩隻。

「老師，那是人。有人化妝成蝙蝠。」

小林握住明智偵探的手腕，輕聲說道。就在這時，偵探身後突然傳來「啊」的尖叫聲。這個叫聲似乎是發自於年紀最小的羽柴壯二。

明智偵探和小林嚇了一跳，回頭用手電筒循聲照去。

結果在手電筒的微光下，出現了令人震驚的光景。蝙蝠不只正面兩隻，還有另外一隻大蝙蝠站在後面，抓著羽柴。槍口對準他的額頭，正準備扣下扳機。

不，不只如此。大蝙蝠身後的黑暗處，又出現兩隻怪物，前後一共五隻。而且這些怪物全都拿著手槍，對準明智偵探和少年們。

蝙蝠拿著手槍的情形很可笑，但這些大蝙蝠可全都是怪盜二十面相的手下喬裝改扮的，所以就算拿著手槍，可一點都不奇怪。

「哇哈哈哈……」

怪盜二十面相突然高聲大笑，笑聲響徹洞窟，四面八方都可以聽到那可恨的笑聲。

接下來，五隻大蝙蝠也跟著笑了起來，張開醜陋的血盆大口，露出白牙大笑著。

「喂！偵探先生，你很驚訝吧。哇哈哈哈……你以為我只有自己一個人嗎？面對你們這樣的大敵，我早就做好萬全的準備。把手槍和手電筒交出來。哈哈哈……如果你不想讓那孩子喪命，最好乖乖聽話。快點交出來，如果你不想讓那個孩子的額頭開個大洞，就趕快照辦。」

那個孩子指的就是被蝙蝠抓住，用槍抵住額頭的羽柴壯二。即使不甘願，也不能坐視羽柴被殺而不管。明智偵探默默的把槍交給怪盜，小林也把手電筒交出去。

怪盜二十面相接過手槍和手電筒之後，咯咯的笑了起來。

「哇哈哈哈……偵探，你現在知道我怪盜二十面相的厲害了吧！你們就在那裡想辦法逃出去吧！也許要花上一個月、兩個月、一年或兩年噢！嘿嘿嘿……」說著關掉手電筒，不知去向。

洞窟陷入一片漆黑，黑暗中傳來彷彿大鳥展翅的聲音，奇怪的五隻大蝙蝠也消失得無影無蹤。

少年帶來的三支手電筒，全都被怪盜搶走，而明智偵探的手電筒也落入對方的手中，因此，偵探和十一名少年甚至無法對看，只能夠在黑暗中四處摸索。如果有微光，也許還能靠摸索的方式走出迷宮，到達入口處。不，即使能夠辦到這一點，中途還有一個木板橋被拿掉的大洞，沒有人能夠跳過去。

啊！日本第一的名偵探和名助手小林芳雄，以及勇敢的十名少年偵探團團員，難道就要在這個鐘乳洞裡結束生命了嗎？難道真的會餓死在黑暗之中嗎？

怪盜二十面相的下場

「大獲全勝，真是大獲全勝！令人憎恨的明智，那傢伙終於被活埋了。我生平第一次覺得這麼痛快，今後就是我的天下，我終於可以隨心所欲了。」

怪盜二十面相關掉手電筒，走在熟悉的黑暗迷宮裡，急急忙忙的趕往入口處。因為心情愉快，所以一路上不停的高談闊論。

但是，他要如何跳過原先拿掉木板橋的大洞呢？如果不通過該處，根本就無法到達洞窟外。怪盜二十面相來到距離大洞十公尺處時，突然停下腳步，打開手電筒，照著旁邊的岩石。

「嘿嘿嘿……即使是名偵探，也沒有察覺到這裡有機關呢！很好、很好，就在這裡。這是除了我，沒有任何人知道的記號。」

怪盜二十面相將手電筒放在地上，蹲下來，將右手伸入岩縫間，不知道在做什麼。這時，一旁的岩塊突然悄無聲息的如門般打開了，出現一個五十公分的四方形不規則洞穴。原來是一個祕密通道。不仔細看，很難發現它和其他岩壁有何不同。

事實上，這是一道用水泥製成的密門。

怪盜進入洞穴中之後，重新將水泥門關上。如地鼠般，在狹窄的洞穴中前行十五、六公尺遠，來到盡頭時，又利用隱藏的祕密機關，打開水泥門。走出洞外後，再將門關上。就是因為有這條祕密通道，所以他們根本不需通過先前那個如深井般的大洞，就可以走回入口。

不過，即使離開通道，外面仍是迷宮的一部分。怪盜二十面相拍掉身上的塵土，在手電筒微光的照耀下，沿著羊腸小徑，朝入口走去。

大約走了五、六步時，怪盜二十面相好像看到什麼東西，很驚愕的停下腳步，將手電筒的光移向前方的黑暗處。到底是怎麼回事？難道是在做夢嗎？竟然有個人雙手交疊，站在前方，瞪著這裡。

各位讀者，你猜這是誰？真是出人意料之外，這個人竟然就是名偵探明智小五郎。

怪盜二十面相驚愕得說不出話來，一臉茫然的呆立在原地。這根本是不可能的事情，可是卻發生了。他不是先前才把明智偵探留在那個廣大的洞穴當中嗎？要從那裡到這裡，就要躍過沒有橋的深淵，除了會像鳥一樣飛行或通過這條祕密通道之外，根本不可能辦到。如果不是長了一對翅膀，就算是擅長跳遠的高手，也不可能躍過那個深淵。而且打開通往祕密通道的水泥牆的方法，也只有怪盜二十面相才知道。通道的入口在哪裡，其他人根本就不知道啊！

那麼，明智偵探到底是從哪裡先繞到這裡來的呢？就好像是變魔術一樣，怪盜二十面相愈想愈覺得害怕，感覺站在眼前、面帶笑容的名偵探彷彿幽靈一般詭異。

這時，怪盜二十面相拿著手電筒的手正不斷的顫抖著呢！而且在手電筒微光的照耀下，明智偵探就好像幽靈似的在那兒飄盪著。

「你、你，你是明、明智嗎？」怪盜二十面相虛張聲勢的大叫著，但是因為太過於害怕，所以聲音聽起來有點顫抖。

「哈哈哈……沒錯，我就是明智。怎麼啦，怪盜二十面相，你為什麼這麼害怕？」明智偵探手臂交疊，往前走了一步，微笑看著怪盜。

「我、我才不怕你呢！你、你怎麼到這裡來的？」

「怎麼到這裡來的？我從入口進來的啊！」

明智很愉快的笑著說道。

「咦！從入口？不，不可能，我不是把你關在一生都逃不出來的地方嗎？」

「被關在那裡的是別人，我才剛走到這裡呢！」

「不、不可能，我的確把你……」怪盜二十面相用一雙幾乎快要凸出來的眼睛，瞪著明智偵探的臉。眼前的這個絕對不是冒牌貨，而是真正的明智小五郎。

「哈哈哈……你現在不知所措了嗎？愉快，真愉快！號稱魔術師的怪盜，現在竟然著了我的魔法。哈哈哈……真是痛快。咦，你說我是冒牌貨？哈哈哈……冒牌貨不是我，是被關在裡面的那名男子。」

「你、你，你說什麼？」

怪盜二十面相確實手足無措，甚至還搞不清楚狀況。

「你認為是明智小五郎，被關在洞窟裡的男子是冒牌貨。」

「不可能，即使洞窟中很暗，我也不可能被冒牌貨所騙。而且那個人在小屋前和我談過話，我們兩人還並肩走到洞窟的入口。在陽光下，我看得很清楚，他確實是明智小五郎，絕對不會錯。」

怪盜二十面相喃喃自語的說著。似乎怎麼想也想不透，心中疑雲叢生。

「哈哈哈……不愧是怪盜二十面相。但是，你的頭腦今天似乎有點遲鈍喔！不懂的話我就直接告訴你原因。我聽到少年偵探團的團員失蹤的消息時，立刻就聯想到你。因為只有二十面相才會這麼做。

我想，二十面相可能就埋伏在鐘乳洞附近，喬裝成沒有人認識的人住在這裡。再慫恿孩子們進入鐘乳洞中，讓他們迷路，無法出來。於是我和警察商量之後，找了一名體格和我相似的男子，帶他到這兒來。他

穿著和我同樣的服裝，而且為了加以掩飾，身上還披了大斗篷。我要他不要被任何人發現，悄悄的跟在我身後。

來這裡我最先看到的是你的小屋，就是鐘乳洞嚮導老爹的小屋。我走近小屋時就遇到你。在和你交談時，我注意到某些怪事。雖然你喬裝改扮的技術很高明，但是，你的臉卻會不時出現不自然的表情。這時，我才恍然大悟。不過，我還是裝成若無其事的樣子，請你帶我到鐘乳洞去。在進入鐘乳洞的入口前，我確實是和你同行。

但是你可能沒有發現，當時我們兩人身後有人跟蹤著。不是別人，就是準備代替我的那名男子。為了掩飾他和我穿著一樣的服裝，所以頭上披著大斗篷，一直尾隨在我們身後。

你還記得吧，進入洞穴後不久，我就被岩石絆倒，手電筒也掉在地上。對了！就在那一瞬間，手電筒的光熄滅了，四周一片黑暗。我怎麼可能犯這種錯，你真的認為我是不小心絆倒的嗎？這只不過是為了欺騙你的障眼法。在這短短沒有燈光的時間，我讓立刻跟上來代替我的男子和我對調，我再拿著斗篷，偷偷溜到洞外。留下來的那名男子則撿起掉下來的手電筒，模仿我的聲音回答『沒事』。

哈哈哈……現在你知道了吧！說穿了，根本沒什麼。怪盜二十面相不也經常玩這種把戲嗎？你對冒牌貨沒有起疑，帶他到洞窟深處，將他關在那裡。所以你現在出來才會遇到在這裡等你的真正的我。」

眼前的明智偵探既不是幽靈，也不是會施魔法的人，只不過是使了一些小伎倆而已。知道真相後的怪盜二十面相重新振作精神，不再恐懼或驚訝，因為對方和自己一樣都是人。這是人與人之間的鬥智。

「嘿嘿，我很佩服明智先生的計謀。我的確是被你騙了，但既然你說清楚了，那也逃不過我的手掌心。嘿嘿嘿……明智，手舉起來，否則你就等著挨子彈。」

勇氣突然大增的怪盜二十面相大聲威嚇，同時舉起手槍。明智偵探並沒有急著拿出手槍，依然雙臂交疊，悠哉的站著。啊！難道又被怪盜搶先一步了嗎？不，真正的明智偵探不可能像冒牌貨那麼大意。聽到怪

盜二十面相的威脅，明智偵探絲毫不以為意，仍然面帶笑容。

「你沒看到手槍嗎？舉手、舉手！」

怪盜二十面相再次大叫，明智終於靜靜的回答道：

「該舉手的是你，你看看後面吧！」

由於對方的語氣極為平靜，怪盜二十面相不禁吃驚的回頭看。咦！什麼時候竟然做好了如此萬全的準備？三名穿著制服的警察，堵在狹隘的通道上，手上拿著手槍。

就算是怪盜二十面相，遇到這等陣仗，也無法繼續頑強的抵抗。他突然推開明智，打算跑向出口，不料出口處也有數名警察，正拿著手槍逼近，怪盜現在已經是進退維谷了。然而，他不愧是百年難得一見的怪盜，當然不會乖乖束手就擒。不知何時，他藉著黑暗的掩護，喬裝成大蝙蝠，一邊驚嚇警察，一邊在漆黑的迷宮中，忽左忽右的逃竄。

警察隊共十五人，其中五人監視洞窟入口，怪盜二十面相當然不可能往外逃。只能在寬廣的洞穴中四處奔跑。

這真是世界上鐘乳洞中最奇怪的大獵物！

接下來的一個小時，黑暗的洞窟中到底上演著什麼樣的兇惡爭鬥，各位讀者請用你豐富的想像力去想吧！讀者也可以想像電影中那些可怕的爭鬥場面。不過，這是在黑暗中進行的，而且是六隻大蝙蝠和十名警察、明智偵探，以及十一名少年的駭人大混戰。

結果到底是哪一方獲得最後的勝利呢？相信各位讀者已經猜到了。明智偵探這方總共有二十三人，敵方則只有六人。雖說明智這派人馬不熟悉洞窟內的地形，但是卻有逮捕獵物極為熟練的警察們。即使敵人力量再強，也只有六個人，不，應該說是六隻大蝙蝠，當然是手到擒來。最後這場激鬥終於落幕了。在洞窟內的空曠洞穴中，六隻怪盜全都被五花大綁的躺在假的翅膀上。

震撼全東京，不，應該說是震撼日本全國的狡詐奸賊——怪盜二十面相，終於被逮捕了。無論是哪個時代，邪惡永遠敵不過正義，壞蛋一定不會有好下場。

怪盜二十面相等一群大蝙蝠，被警察和少年偵探團團員圍成的圓形包圍著，手電筒的光照著他們。完成重責大任的明智偵探，手上拿著才從怪盜二十面相脖子上摘下來的大蝙蝠的假頭，盯著怪盜的臉。

這真是一幅異樣的光景。被五花大綁的大蝙蝠的身體前端，卻露出了化妝為老獵人的怪盜二十面相的臉。有句俗話說「人面獸心」，現在在洞窟中的怪盜二十面相，他的外貌、他的心真的是人面獸心。

「明智先生，還是你智高一籌，我輸了。今天我真的不得不投降認輸了。」

神色疲憊，而且臉色蒼白的怪盜二十面相，很痛苦似的發出嘶啞的聲音說道，並抬頭看著明智偵探。

「老師，老師，當初你在池尻洋房時，我們曾經約定好，你說一定會在一個月內抓到怪盜二十面相。沒想到現在竟然比約定的時間更早抓到他，真讓人佩服。」

站在少年們身後的小泉信雄，好像吹捧名偵探似的，得意的說著。

「沒錯，只要是老師承諾的事，就一定會實現。各位，我們來為老師高呼萬歲。」

桂正一神情愉悅的說道。

「明智老師萬歲！」

「小林團長萬歲！」

萬歲的呼喊聲響徹整個洞窟，沿著四邊的岩石，不斷聽到萬歲、萬歲的回音，縈繞在眾人的耳際。

解說

易容高手的激烈對決

中島河太郎
（文藝評論家）

在我年少時，沒有電視、收音機或個人電腦。閱讀書籍、雜誌是最大的樂趣。其中雜誌以「少年俱樂部」最具魅力，我反覆看了好多次。

吉川英治、大佛次郎、佐藤紅綠、佐佐木邦等當時一流的作家，都寫了一些適合少年看的小說，留下許多佳作。

江戶川亂步也是其中之一。亂步可謂讓日本人了解偵探小說趣味所在的最大功臣。他在一九三六年出版適合少年閱讀的作品，就是在「少年俱樂部」連載的『怪盜二十面相』。由於廣受好評，於是翌年又連載了『少年偵探團』。一九三八年時，則連載『妖怪博士』。

妖怪博士

這一系列的少年偵探小說大受歡迎，就是因為描述名偵探明智小五郎和易容高手怪盜二十面相驚險刺激的鬥智場面。

這個怪盜，擁有二十種不同的面貌，精通易容之術。他只喜歡有來頭的美術品，根本不在意金錢，而且討厭見血，幾乎不使用手槍或短刀等，是一名紳士盜賊。此外，喜歡做一些震驚世人的事情，犯罪手段極為奇特，才會引起讀者濃厚的興趣。

明智偵探身邊有一位既勇敢且機靈的助手小林。他隨時接受明智的指示，相當活躍。在『怪盜二十面相』的事件中，想要偷竊羽柴家收藏的鑽石的怪盜二十面相，抓走羽柴家的孩子壯二當成人質。在壯二的提議之下，結成了找尋失蹤的明智的少年偵探團。十名小學生以小林為團長，展開追蹤。

『妖怪博士』初版，講談社出版

『妖怪博士』則是以一名少年偵

1935 年的東京風景

探團團員，亦即小學六年級的相川落入怪盜二十面相的圈套而遭到綁架的事件為起點，展開整個故事。

地點是在麻布的六本木，寂靜的住宅區中，人跡罕至。當然現在六本木可是東京十分熱鬧，讓許多年輕人流連不去的地區。由此可知，都會的改變多麼快速。

相川看到一位老人的行跡可疑，於是跟蹤他，偷偷的溜進古老的建築物。在洋房中，驚見美麗的少女蠟像，被自稱蛭田博士的老人欺騙，甚至被會使魔法的老巫婆施以催眠術，使其展現如夢遊者一般的行動，讓讀者們看得膽戰心驚。

然後，為了找尋相川，三名團員又被奇怪的司機所騙，被關在蛇屋裡，遇到可怕的體驗。

亂步在字裡行間，不時提到「各位讀者」，更加深了恐怖的氣氛。

不服輸的怪盜二十面相，喬裝成各種人物，愚弄世人。

尤其他最憎恨的強敵就是明智偵探。怪盜二十面相扮成私家偵探殿村，拜訪相川，表示不值得拜託明智這個不成熟的人，宣稱自己將會找到犯人。結果殿村和明智以三天為限，比賽誰先找出犯人。

殿村偵探指出四名團員被困在石膏像中，同時還指出國家機密文件的藏匿處，並為自己比明智先完成任務而喜不自勝。這時，明智卻突然現身，揭穿殿村的假面具，獲得勝利。

然而怪盜二十面相豈會善罷甘休。他企圖從天花板的洞中脫逃，卻被化妝成乞丐少年的小林擋住而遭到逮捕。

後來，費心將少年偵探團團員引誘至鐘乳洞，喬裝成大蝙蝠，威嚇眾人，可惜最後怪盜二十面相仍然遭遇悲慘的下場。

在這個故事當中，團員外出遠足，合唱「愛國進行曲」，正好反映出日本和中國當時戰爭不斷的國際情勢。

明智偵探和助手小林師徒與怪盜二十面相之間的鬥智，在戰後出版

的作品中陸續出現。而這一系列偵探小說，的確震撼了國內的少年們。

我相信這些故事將會永遠永遠給予讀者留下深刻的感動。

大展出版社有限公司 品冠文化出版社	圖書目錄
地址：台北市北投區(石牌) 致遠一路二段 12 巷 1 號 郵撥：0166955～1	電話：(02)28236031 28236033 傳真：(02)28272069

・生活廣場・品冠編號 61

1.	366 天誕生星	李芳黛譯	280 元
2.	366 天誕生花與誕生石	李芳黛譯	280 元
3.	科學命相	淺野八郎著	220 元
4.	已知的他界科學	陳蒼杰譯	220 元
5.	開拓未來的他界科學	陳蒼杰譯	220 元
6.	世紀末變態心理犯罪檔案	沈永嘉譯	240 元
7.	366 天開運年鑑	林廷宇編著	230 元
8.	色彩學與你	野村順一著	230 元
9.	科學手相	淺野八郎著	230 元
10.	你也能成為戀愛高手	柯富陽編著	220 元
11.	血型與十二星座	許淑瑛編著	230 元
12.	動物測驗—人性現形	淺野八郎著	200 元
13.	愛情、幸福完全自測	淺野八郎著	200 元
14.	輕鬆攻佔女性	趙奕世編著	230 元
15.	解讀命運密碼	郭宗德著	200 元

・女醫師系列・品冠編號 62

1.	子宮內膜症	國府田清子著	200 元
2.	子宮肌瘤	黑島淳子著	200 元
3.	上班女性的壓力症候群	池下育子著	200 元
4.	漏尿、尿失禁	中田真木著	200 元
5.	高齡生產	大鷹美子著	200 元
6.	子宮癌	上坊敏子著	200 元
7.	避孕	早乙女智子著	200 元
8.	不孕症	中村春根著	200 元
9.	生理痛與生理不順	堀口雅子著	200 元
10.	更年期	野末悅子著	200 元

・傳統民俗療法・品冠編號 63

1.	神奇刀療法	潘文雄著	200 元

2. 神奇拍打療法　安在峰著　200元
3. 神奇拔罐療法　安在峰著　200元
4. 神奇艾灸療法　安在峰著　200元
5. 神奇貼敷療法　安在峰著　200元
6. 神奇薰洗療法　安在峰著　200元
7. 神奇耳穴療法　安在峰著　200元
8. 神奇指針療法　安在峰著　200元
9. 神奇藥酒療法　安在峰著　200元
10. 神奇藥茶療法　安在峰著　200元

・彩色圖解保健・品冠編號 64

1. 瘦身　主婦之友社　300元
2. 腰痛　主婦之友社　300元
3. 肩膀痠痛　主婦之友社　300元
4. 腰、膝、腳的疼痛　主婦之友社　300元
5. 壓力、精神疲勞　主婦之友社　300元
6. 眼睛疲勞、視力減退　主婦之友社　300元

・心 想 事 成・品冠編號 65

1. 魔法愛情點心　結城莫拉著　120元
2. 可愛手工飾品　結城莫拉著　120元
3. 可愛打扮&髮型　結城莫拉著　120元
4. 撲克牌算命　結城莫拉著　120元

・法律專欄連載・大展編號 58

台大法學院　法律學系／策劃
法律服務社／編著

1. 別讓您的權利睡著了(1)　200元
2. 別讓您的權利睡著了(2)　200元

・武 術 特 輯・大展編號 10

1. 陳式太極拳入門　馮志強編著　180元
2. 武式太極拳　郝少如編著　200元
3. 練功十八法入門　蕭京凌編著　120元
4. 教門長拳　蕭京凌編著　150元
5. 跆拳道　蕭京凌編譯　180元
6. 正傳合氣道　程曉鈴譯　200元
7. 圖解雙節棍　陳銘遠著　150元
8. 格鬥空手道　鄭旭旭編著　200元

9.	實用跆拳道	陳國榮編著	200 元
10.	武術初學指南	李文英、解守德編著	250 元
11.	泰國拳	陳國榮著	180 元
12.	中國式摔跤	黃　斌編著	180 元
13.	太極劍入門	李德印編著	180 元
14.	太極拳運動	運動司編	250 元
15.	太極拳譜	清・王宗岳等著	280 元
16.	散手初學	冷　峰編著	200 元
17.	南拳	朱瑞琪編著	180 元
18.	吳式太極劍	王培生著	200 元
19.	太極拳健身與技擊	王培生著	250 元
20.	秘傳武當八卦掌	狄兆龍著	250 元
21.	太極拳論譚	沈　壽著	250 元
22.	陳式太極拳技擊法	馬　虹著	250 元
23.	二十四式/三十二式 太極拳/劍	闞桂香著	180 元
24.	楊式秘傳 129 式太極長拳	張楚全著	280 元
25.	楊式太極拳架詳解	林炳堯著	280 元
26.	華佗五禽劍	劉時榮著	180 元
27.	太極拳基礎講座：基本功與簡化 24 式	李德印著	250 元
28.	武式太極拳精華	薛乃印著	200 元
29.	陳式太極拳拳理闡微	馬　虹著	350 元
30.	陳式太極拳體用全書	馬　虹著	400 元
31.	張三豐太極拳	陳占奎著	200 元
32.	中國太極推手	張　山主編	300 元
33.	48 式太極拳入門	門惠豐編著	220 元
34.	太極拳奇人奇功	嚴翰秀編著	250 元
35.	心意門秘籍	李新民編著	220 元
36.	三才門乾坤戊己功	王培生編著	220 元
37.	武式太極劍精華 +VCD	薛乃印編著	350 元
38.	楊式太極拳	傅鐘文演述	200 元
39.	陳式太極拳、劍 36 式	闞桂香編著	250 元

・原地太極拳系列・大展編號 11

1.	原地綜合太極拳 24 式	胡啟賢創編	220 元
2.	原地活步太極拳 42 式	胡啟賢創編	200 元
3.	原地簡化太極拳 24 式	胡啟賢創編	200 元
4.	原地太極拳 12 式	胡啟賢創編	200 元

・名師出高徒・大展編號 111

1.	武術基本功與基本動作	劉玉萍編著	200 元
2.	長拳入門與精進	吳彬　等著	220 元

3.	劍術刀術入門與精進	楊柏龍等著	元
4.	棍術、槍術入門與精進	邱丕相編著	元
5.	南拳入門與精進	朱瑞琪編著	元
6.	散手入門與精進	張　山等著	元
7.	太極拳入門與精進	李德印編著	元
8.	太極推手入門與精進	田金龍編著	元

・道學文化・大展編號 12

1.	道在養生：道教長壽術	郝　勤等著	250 元
2.	龍虎丹道：道教內丹術	郝　勤著	300 元
3.	天上人間：道教神仙譜系	黃德海著	250 元
4.	步罡踏斗：道教祭禮儀典	張澤洪著	250 元
5.	道醫窺秘：道教醫學康復術	王慶餘等著	250 元
6.	勸善成仙：道教生命倫理	李　剛著	250 元
7.	洞天福地：道教宮觀勝境	沙銘壽著	250 元
8.	青詞碧簫：道教文學藝術	楊光文等著	250 元
9.	沈博絕麗：道教格言精粹	朱耕發等著	250 元

・易學智慧・大展編號 122

1.	易學與管理	余敦康主編	250 元
2.	易學與養生	劉長林等著	300 元
3.	易學與美學	劉綱紀等著	300 元
4.	易學與科技	董光壁　著	元
5.	易學與建築	韓增祿　著	元
6.	易學源流	鄭萬耕　著	元
7.	易學的思維	傅雲龍等著	元
8.	周易與易圖	李　申　著	元

・神算大師・大展編號 123

1.	劉伯溫神算兵法	應　涵編著	280 元
2.	姜太公神算兵法	應　涵編著	元
3.	鬼谷子神算兵法	應　涵編著	元
4.	諸葛亮神算兵法	應　涵編著	元

・秘傳占卜系列・大展編號 14

1.	手相術	淺野八郎著	180 元
2.	人相術	淺野八郎著	180 元
3.	西洋占星術	淺野八郎著	180 元
4.	中國神奇占卜	淺野八郎著	150 元

5. 夢判斷	淺野八郎著	150元
6. 前世、來世占卜	淺野八郎著	150元
7. 法國式血型學	淺野八郎著	150元
8. 靈感、符咒學	淺野八郎著	150元
9. 紙牌占卜術	淺野八郎著	150元
10. ESP 超能力占卜	淺野八郎著	150元
11. 猶太數的秘術	淺野八郎著	150元
12. 新心理測驗	淺野八郎著	160元
13. 塔羅牌預言秘法	淺野八郎著	200元

・趣味心理講座・大展編號 15

1. 性格測驗① 探索男與女	淺野八郎著	140元
2. 性格測驗② 透視人心奧秘	淺野八郎著	140元
3. 性格測驗③ 發現陌生的自己	淺野八郎著	140元
4. 性格測驗④ 發現你的真面目	淺野八郎著	140元
5. 性格測驗⑤ 讓你們吃驚	淺野八郎著	140元
6. 性格測驗⑥ 洞穿心理盲點	淺野八郎著	140元
7. 性格測驗⑦ 探索對方心理	淺野八郎著	140元
8. 性格測驗⑧ 由吃認識自己	淺野八郎著	160元
9. 性格測驗⑨ 戀愛知多少	淺野八郎著	160元
10. 性格測驗⑩ 由裝扮瞭解人心	淺野八郎著	160元
11. 性格測驗⑪ 敲開內心玄機	淺野八郎著	140元
12. 性格測驗⑫ 透視你的未來	淺野八郎著	160元
13. 血型與你的一生	淺野八郎著	160元
14. 趣味推理遊戲	淺野八郎著	160元
15. 行為語言解析	淺野八郎著	160元

・婦幼天地・大展編號 16

1. 八萬人減肥成果	黃靜香譯	180元
2. 三分鐘減肥體操	楊鴻儒譯	150元
3. 窈窕淑女美髮秘訣	柯素娥譯	130元
4. 使妳更迷人	成　玉譯	130元
5. 女性的更年期	官舒妍編譯	160元
6. 胎內育兒法	李玉瓊編譯	150元
7. 早產兒袋鼠式護理	唐岱蘭譯	200元
8. 初次懷孕與生產	婦幼天地編譯組	180元
9. 初次育兒 12 個月	婦幼天地編譯組	180元
10. 斷乳食與幼兒食	婦幼天地編譯組	180元
11. 培養幼兒能力與性向	婦幼天地編譯組	180元
12. 培養幼兒創造力的玩具與遊戲	婦幼天地編譯組	180元
13. 幼兒的症狀與疾病	婦幼天地編譯組	180元

14. 腿部苗條健美法	婦幼天地編譯組	180 元
15. 女性腰痛別忽視	婦幼天地編譯組	150 元
16. 舒展身心體操術	李玉瓊編譯	130 元
17. 三分鐘臉部體操	趙薇妮著	160 元
18. 生動的笑容表情術	趙薇妮著	160 元
19. 心曠神怡減肥法	川津祐介著	130 元
20. 內衣使妳更美麗	陳玄茹譯	130 元
21. 瑜伽美姿美容	黃靜香編著	180 元
22. 高雅女性裝扮學	陳珮玲譯	180 元
23. 蠶糞肌膚美顏法	坂梨秀子著	160 元
24. 認識妳的身體	李玉瓊譯	160 元
25. 產後恢復苗條體態	居理安・芙萊喬著	200 元
26. 正確護髮美容法	山崎伊久江著	180 元
27. 安琪拉美姿養生學	安琪拉蘭斯博瑞著	180 元
28. 女體性醫學剖析	增田豐著	220 元
29. 懷孕與生產剖析	岡部綾子著	180 元
30. 斷奶後的健康育兒	東城百合子著	220 元
31. 引出孩子幹勁的責罵藝術	多湖輝著	170 元
32. 培養孩子獨立的藝術	多湖輝著	170 元
33. 子宮肌瘤與卵巢囊腫	陳秀琳編著	180 元
34. 下半身減肥法	納他夏・史達賓著	180 元
35. 女性自然美容法	吳雅菁編著	180 元
36. 再也不發胖	池園悅太郎著	170 元
37. 生男生女控制術	中垣勝裕著	220 元
38. 使妳的肌膚更亮麗	楊　皓編著	170 元
39. 臉部輪廓變美	芝崎義夫著	180 元
40. 斑點、皺紋自己治療	高須克彌著	180 元
41. 面皰自己治療	伊藤雄康著	180 元
42. 隨心所欲瘦身冥想法	原久子著	180 元
43. 胎兒革命	鈴木丈織著	180 元
44. NS 磁氣平衡法塑造窈窕奇蹟	古屋和江著	180 元
45. 享瘦從腳開始	山田陽子著	180 元
46. 小改變瘦 4 公斤	宮本裕子著	180 元
47. 軟管減肥瘦身	高橋輝男著	180 元
48. 海藻精神秘美容法	劉名揚編著	180 元
49. 肌膚保養與脫毛	鈴木真理著	180 元
50. 10 天減肥 3 公斤	彤雲編輯組	180 元
51. 穿出自己的品味	西村玲子著	280 元
52. 小孩髮型設計	李芳黛譯	250 元

・青 春 天 地・大展編號 17

1. A 血型與星座	柯素娥編譯	160 元
2. B 血型與星座	柯素娥編譯	160 元

3.	O 血型與星座	柯素娥編譯	160 元
4.	AB 血型與星座	柯素娥編譯	120 元
5.	青春期性教室	呂貴嵐編譯	130 元
7.	難解數學破題	宋釗宜編譯	130 元
9.	小論文寫作秘訣	林顯茂編譯	120 元
11.	中學生野外遊戲	熊谷康編著	120 元
12.	恐怖極短篇	柯素娥編譯	130 元
13.	恐怖夜話	小毛驢編譯	130 元
14.	恐怖幽默短篇	小毛驢編譯	120 元
15.	黑色幽默短篇	小毛驢編譯	120 元
16.	靈異怪談	小毛驢編譯	130 元
17.	錯覺遊戲	小毛驢編著	130 元
18.	整人遊戲	小毛驢編著	150 元
19.	有趣的超常識	柯素娥編譯	130 元
20.	哦！原來如此	林慶旺編譯	130 元
21.	趣味競賽 100 種	劉名揚編譯	120 元
22.	數學謎題入門	宋釗宜編譯	150 元
23.	數學謎題解析	宋釗宜編譯	150 元
24.	透視男女心理	林慶旺編譯	120 元
25.	少女情懷的自白	李桂蘭編譯	120 元
26.	由兄弟姊妹看命運	李玉瓊編譯	130 元
27.	趣味的科學魔術	林慶旺編譯	150 元
28.	趣味的心理實驗室	李燕玲編譯	150 元
29.	愛與性心理測驗	小毛驢編譯	130 元
30.	刑案推理解謎	小毛驢編譯	180 元
31.	偵探常識推理	小毛驢編譯	180 元
32.	偵探常識解謎	小毛驢編譯	130 元
33.	偵探推理遊戲	小毛驢編譯	180 元
34.	趣味的超魔術	廖玉山編著	150 元
35.	趣味的珍奇發明	柯素娥編著	150 元
36.	登山用具與技巧	陳瑞菊編著	150 元
37.	性的漫談	蘇燕謀編著	180 元
38.	無的漫談	蘇燕謀編著	180 元
39.	黑色漫談	蘇燕謀編著	180 元
40.	白色漫談	蘇燕謀編著	180 元

・健康天地・大展編號 18

1.	壓力的預防與治療	柯素娥編譯	130 元
2.	超科學氣的魔力	柯素娥編譯	130 元
3.	尿療法治病的神奇	中尾良一著	130 元
4.	鐵證如山的尿療法奇蹟	廖玉山譯	120 元
5.	一日斷食健康法	葉慈容編譯	150 元
6.	胃部強健法	陳炳崑譯	120 元

7. 癌症早期檢查法	廖松濤譯	160元
8. 老人痴呆症防止法	柯素娥編譯	170元
9. 松葉汁健康飲料	陳麗芬編譯	150元
10. 揉肚臍健康法	永井秋夫著	150元
11. 過勞死、猝死的預防	卓秀貞編譯	130元
12. 高血壓治療與飲食	藤山順豐著	180元
13. 老人看護指南	柯素娥編譯	150元
14. 美容外科淺談	楊啟宏著	150元
15. 美容外科新境界	楊啟宏著	150元
16. 鹽是天然的醫生	西英司郎著	140元
17. 年輕十歲不是夢	梁瑞麟譯	200元
18. 茶料理治百病	桑野和民著	180元
19. 綠茶治病寶典	桑野和民著	150元
20. 杜仲茶養顏減肥法	西田博著	170元
21. 蜂膠驚人療效	瀨長良三郎著	180元
22. 蜂膠治百病	瀨長良三郎著	180元
23. 醫藥與生活(一)	鄭炳全著	180元
24. 鈣長生寶典	落合敏著	180元
25. 大蒜長生寶典	木下繁太郎著	160元
26. 居家自我健康檢查	石川恭三著	160元
27. 永恆的健康人生	李秀鈴譯	200元
28. 大豆卵磷脂長生寶典	劉雪卿譯	150元
29. 芳香療法	梁艾琳譯	160元
30. 醋長生寶典	柯素娥譯	180元
31. 從星座透視健康	席拉・吉蒂斯著	180元
32. 愉悅自在保健學	野本二士夫著	160元
33. 裸睡健康法	丸山淳士等著	160元
34. 糖尿病預防與治療	藤山順豐著	180元
35. 維他命長生寶典	菅原明子著	180元
36. 維他命C新效果	鐘文訓編	150元
37. 手、腳病理按摩	堤芳朗著	160元
38. AIDS瞭解與預防	彼得塔歇爾著	180元
39. 甲殼質殼聚糖健康法	沈永嘉譯	160元
40. 神經痛預防與治療	木下真男著	160元
41. 室內身體鍛鍊法	陳炳崑編著	160元
42. 吃出健康藥膳	劉大器編著	180元
43. 自我指壓術	蘇燕謀編著	160元
44. 紅蘿蔔汁斷食療法	李玉瓊編著	150元
45. 洗心術健康秘法	竺翠萍編譯	170元
46. 枇杷葉健康療法	柯素娥編譯	180元
47. 抗衰血癒	楊啟宏著	180元
48. 與癌搏鬥記	逸見政孝著	180元
49. 冬蟲夏草長生寶典	高橋義博著	170元
50. 痔瘡・大腸疾病先端療法	宮島伸宜著	180元

妖怪博士

國家圖書館出版品預行編目資料

妖怪博士／江戶川亂步著；施聖茹譯
－－初版－臺北市，品冠文化，2001〔民 90〕
面；21 公分 ── （少年偵探；3）
譯自：妖怪博士
ISBN 957-468-104-1（精裝）

861.59　　90017289

版權仲介：京王文化事業有限公司

少年偵探 3　**妖 怪 博 士**　ISBN 957-468-104-1

著　　者／江戶川亂步
譯　　者／施 聖 茹
發 行 人／蔡 孟 甫
出 版 者／品冠文化出版社
社　　址／台北市北投區（石牌）致遠一路 2 段 12 巷 1 號
電　　話／(02) 28233123・28236031・28236033
傳　　真／(02) 28272069
郵政劃撥／19346241
E - mail／dah-jaan @ms 9.tisnet.net.tw
登 記 證／北市建一字第 227242 號
區域經銷／千淞圖書有限公司
地　　址／三重市中興北街 186 號 5 樓
電　　話／(02)29999958
承 印 者／高星印刷品行
裝　　訂／源太裝訂實業有限公司
排 版 者／千兵企業有限公司
初版 1 刷／2001 年（民 90 年）12　月
初版發行／2001 年（民 91 年） 1　月

~~定　價／300 元~~
試閱價／189 元

一億人閱讀的暢銷書！

4 ～ 26 集　定價300元　特價230元

4.大金塊　5.青銅怪人　6.地底魔術王　7.透明怪人　8.怪人四十面相　9.宇宙怪人

恐怖的鐵塔王國　11.灰色巨人　12.海底魔術師　13.黃金豹　14.魔法博士　15.馬戲怪人

6.魔人剛果　17.魔法人偶　18.奇面城的秘密　19.夜光人　20.塔上的魔術師　21.鐵人Q

.假面恐怖王　23.電人M　24.二十面相的詛咒　25.飛天二十面相　26.黃金怪獸

品冠文化出版社

地址：臺北市北投區
致遠一路二段十二巷一號
電話：〈02〉28233123
郵政劃撥：19346241